LLOERIG

Lloerig

Geraint Lewis

Argraffiad cyntaf: 2022
ⓗ testun: Geraint Lewis 2022

Rhif Llyfr Safonol Rhyngwladol:
978-1-84527-849-6

Cyhoeddwyd gyda chymorth Cyngor Llyfrau Cymru

Cynllun y clawr: Eleri Owen
Llun y clawr: *Pwll Fenws a'r Lleuad* gan Iwan Bala (2020)

Cyhoeddwyd gan Wasg Carreg Gwalch,
12 Iard yr Orsaf, Llanrwst, Dyffryn Conwy, Cymru LL26 0EH.
Ffôn: 01492 642031
e-bost: llyfrau@carreg-gwalch.cymru
lle ar y we: www.carreg-gwalch.cymru

Argraffwyd a chyhoeddwyd yng Nghymru

i Wil Ifan

DIOLCHIADAU

Hoffwn ddiolch i Nia Roberts a holl staff Carreg Gwalch am eu cymorth wrth hwylio'r llyfr trwy'r wasg ac am gefnogaeth y Cyngor Llyfrau.

Diolch hefyd i Iwan Bala am ei ganiatâd i roi 'Pwll Fenws a'r Lleuad' ar y clawr ac i Eleri Owen am ei chynllun.

Yn olaf, diolch i feirniaid y Fedal Lenyddiaeth 2020 am eu hanogaeth, yn enwedig Rhiannon Ifans am ei sylwadau buddiol wrth baratoi'r gyfrol i'r wasg.

Awst 22 2019

Wnes i erioed fwrw fy ngŵr o'r blaen nac unrhyw ddyn arall o ran hynny na menyw dyw e ddim yn fy natur i ond maen nhw'n dweud bod gan bawb y gallu i ladd os y'ch chi wedi cael eich gwthio ddigon a Duw a ŵyr wy wedi cael fy ngwthio i ymyl y dibyn a drosto fe a 'na pam wy wedi penderfynu pobi i gael fy meddwl oddi ar y tywyllwch sy'n dal i gau amdana i ac i dreial ail-greu'r wefr o'n i'n gael gyda Kevin wrth i ni bobi gyda'n gilydd a neud ei ffefryn sef teisen Fictoria a dyma fi'n bwrw'r wyau fesul un i mewn i'r menyn a'r siwgr nawr gan fod heddi'n ddiwrnod arbennig a diwrnod i ddathlu ei ganlyniade fyddai e wedi bod er nad yw hynny'n bosib nawr ond wy dal moyn neud y deisen fel rhyw fath o deyrnged neu gofnod neu ryw daith bleserus yn fy mhen neu siŵr o fod jest i gadw'n hunan yn fisi i fynd â'n meddwl i bant o beth wnes i'r bore 'ma ac wy wrthi'n cymysgu'r wyau a'r menyn a'r siwgr trwy ddefnyddio llwy bren yn y ffordd ffyrnig hen ffasiwn fel oedd Mam yn arfer neud ac wy'n falch nad yw hi'n dal gyda ni i orfod mynd trwyddo beth y'n ni wedi mynd trwyddo ac yn dal i fynd trwyddo os ddown ni trwyddo fe o gwbl ac wy'n dechrau amau hynny achos wedi'r angladd yn dilyn y post-mortem oedd sawl person wedi dweud y bydden ni'n gallu dechrau meddwl am symud ymlaen mewn rhyw ffordd fach gydag amser ac o'n i'n gweld y syniad hwn yn chwerthinllyd o arwynebol achos beth ar y ddaear oedd e'n golygu'r 'symud ymlaen' hyn heblaw brad o'r radd flaenaf ac wrth gwrs o'n i'n gwybod yn iawn na fydden i'n gallu symud ymlaen hyd yn oed 'sen i moyn achos ar ôl yr angladd wnaeth pethau waethygu os rhywbeth gyda'r heddlu'n ffeindio cysylltiadau posib gyda gangiau o droseddwyr yn y Philippines o bobman a wnaeth Martin sôn hefyd am beth welodd Kevin yn y gorffennol wel yn ein gorffennol ni mewn gwirionedd ac oedd hynny fel rhyw fellten yn taro'n sydyn a goleuo popeth am eiliad ond yn gadael ei ddrewdod llosg hefyd ar ôl rhuddo enaid rhywun ac wedyn ffaelu'n lân cael ei wared e ac wy'n arogli awch y lemwn nawr wrth ei grafu'n fân a'i gasglu ar blât bach er mwyn ei wasgaru yn y cymysgedd yn nes ymlaen gyda'r fflŵr ie *zest* fel mae Jamie Oliver yn galw fe yn y llyfr gath Kevin y Nadolig cyn diwetha ac o'dd e'n llawn *zest* llawn egni ei hunan er bod e o flaen sgrin yn ddigon aml erbyn meddwl hefyd boed hwnnw'n liniadur neu ffôn neu'n chwarae ei PlayStation ac er ei fod e'n cerdded tipyn am rywun o'i genhedlaeth e y gwahaniaeth mawr fel mae Martin yn dweud yn aml yw o'n ni'n dau mas yn blant yn yr awyr iach o fore gwyn tan nos ond wrth gwrs oedd sgriniau gyda ni hefyd does neb yn gwadu hynny'n enwedig y sgrin deledu ond ife ni sy'n meddwl ein bod ni wedi bod mas trwy'r amser boed yn chwarae ar y mynydd neu'n nofio yn y môr neu hyd yn oed yn seiclo am filltiroedd maith na ma' fe bownd o fod yn wir o'n ni ddim o flaen sgrin cymaint â'r to iau oedran Kevin odi mae hynny bownd o fod yn wir ac mae'r arogl lemwn yn neud i fi feddwl am bethau da pethau da glân fel dillad gwely cotwm wedi'u golchi neu grys neis newydd ei smwddio fel yr un glas golau roedd e'n licio gwisgo gyda'i siorts *khaki* yn yr haf ac wy'n dal i smwddio ei grysau a wnes i roi bach o sglein ar ei Dr Martens coch tywyll e'r wythnos diwetha hefyd sy'n ddwl wy'n gwybod ond ddim yn hollol ddwl chwaith achos wnaeth e i fi deimlo'n well dros dro ond mae'n rong mor rong beth ddigwyddodd yn enwedig â Kevin mor drylwyr am bopeth hyd yn oed yn gwybod am hanes y deisen Fictoria ac yn chwerthin am ben y syniad fod rhyw *lady-in-waiting* i'r Frenhines Fictoria wedi cael y clod am ddyfeisio'r cysyniad o 'amser te' a Fictoria'n hoffi cael darn o'r deisen enwog gyda'i the pnawn a Kevin yn egluro cemeg hud a lledrith y pobi i fi fel bydde fe yn ei ffordd fach unigryw ei hunan yn hollol ddiymhongar ond eto â diléit brwd mewn popeth bron eisiau gwybod mwy a mwy am bob dim dan haul a dan y lleuad yn enwedig o ie roedd honno'n obsesiwn ganddo a fydde fe'n sôn amdani fel rhywun oedd e'n nabod yn dda ac roedd y chwiw fach honno wedi bod yna mor bell 'nôl ag y gallaf gofio yr atyniad hwn yn Kevin at y lleuad gan sôn yn llawn cyffro fod y lleuad heb newid dim ar hyd y canrifoedd a taw'r un lleuad welodd Iesu Grist neu Dafydd ap Gwilym neu Einstein a finnau a Martin yn treial bod yr un mor frwd ag e ond yn cael ein gadael ar ôl wrth i gorwynt ei chwilfrydedd ein chwythu i gorneli ein twpdra sef y siom mae pob plentyn yn gorfod ei wynebu ar ryw adeg pan mae'n canfod bod Mam neu Dad yn gwybod fawr ddim yn y bôn a'n bod ni i gyd ar ein pen ein hunain yn yr hen fyd 'ma ife 'na beth o't ti'n feddwl fy angel rhadlon yn dy eiliadau dirdynnol olaf dy fod ti wedi dy ynysu'n llwyr achos mae'n anodd credu hynny fod dy chwilfrydedd chwil wedi pylu mor ddisymwth a tithau wastad wedi bod ar dân am wybodaeth hyd yn oed yn grwt bach yn holi a holi cwestiynau am y stori gyda'r nos boed yn *Sam Tân* neu *Rala Rwdins* neu *The Lion the Witch and the Wardrobe* oedd rhaid holi perfedd Martin neu finnau er mwyn cadw ni 'na a ddim moyn diffodd y golau o't ti achos dy fod ti'n ofni'r tywyllwch ond eto wrth dy fodd â golau'r lloer ac mae bywyd yn llawn o ryw baradocsau fel'na ac wrth i fi bwyso'r fflŵr yn union dau gant a dau ddeg pum gram wy'n meddwl amdanat ti'n grwt bach yn mynnu cadw'r drws ar agor a'r golau ymlaen a finnau neu Martin yn gorwedd ar y landin tu fas i'r ystafell wely yn gobeithio na fyddet ti'n hir yn mynd i gysgu a bob hyn a hyn fyddet ti'n gofyn yn dy lais bach ofnus os o'n i'n dal 'na a nawr mae dy olau di dy hunan wedi diffodd am byth a tithau yn y tywyllwch tragwyddol ond mae'n rhaid i fi beidio meddwl fel hyn 'na beth mae Martin yn ddweud ddim trwy'r amser ac ma' fe'n cael rhyw nerth o rywle weithiau ddim o'r capel fel fi ond trwy ei wleidyddiaeth o bopeth sydd hefyd yn fath o ffydd am wn i ac mae pawb wedi bod mor garedig yn Seilo ag un o'i selogion ffyddlon wedi gorfod mynd trwy'r fath helbul hunllefus er wy'n gwybod bod ambell un yn y pentre yn dal i fy osgoi ar y stryd ac yn croesi'r hewl hyd yn oed a welaf i ddim bai arnyn nhw achos gyda'r rhan fwyaf embaras sydd y tu ôl iddo fe a dim byd cas jest y ffaith syml nad y'n nhw'n gwybod beth i ddweud achos yn y bôn sdim byd i ddweud a'r weithred ei hun mor erchyll nes ei bod hi wedi dweud y stori i gyd fel petai heb adael unrhyw le i fân-siarad er wy'n siŵr bod lot o bobl yn enwedig gyda Gwynfor a Bet yn Siop y Pentre yn trafod a welon nhw unrhyw arwyddion o iselder yn Kevin a'r tafodau'n trydar a'r bysedd yn brysur hefyd yn Annwn y cyfryngau anghymdeithasol fel wy'n eu galw nhw yn enwedig yn y tridiau cyntaf hynny cyn i'r gwir fochyndra weld golau dydd ac o'n i hefyd wrth gwrs yn y cyfnod hwnnw'n treial dyfalu yn treial neud synnwyr o rywbeth mor ddisynnwyr a phan ryddhawyd y fideo am y deuddeg awr poenus hynny cyn i'r awdurdodau priodol ei ddileu o'u system yn llawer rhy hwyr gyda'r gath reibus wedi ei gollwng o'i chwd erbyn hynny rhaid i fi gyfadde er bod e'n torri fy nghalon i'w ddweud e fe ges i fymryn o ryddhad i gyd-fynd â'r sioc aruthrol a'r arswyd di-ben-draw fod o leia un rheswm penodol wedi'i yrru fe i'r goeden afalau ar y noswaith braf honno o Orffennaf ac mae jest meddwl amdano fe'n mynd lan y goeden a gosod popeth oedd angen yn gymen yn ei le achos oedd e'n un trefnus ar y naw ac mae jest meddwl amdano fe'n neud hynny yn neud i fi deimlo'n swp sâl y teimlad yna sy'n deimlad cyffredin erbyn hyn fel cwlwm yn cau yn fy mola wrth i fyddin o ieir bach yr haf ymosod â'u hadenydd blin ar fy mherfedd brau nes fy ngorfodi eto fyth i'r tŷ bach lle wy'n byw a bod dyddiau 'ma wrth i'm cyfansoddiad fy modolaeth chwalu'n ddarnau mân a'r teimlad beth yw'r teimlad ie mae e'n seiliedig mae'n rhaid ar ryw fath o gariad Duw Cariad Yw does bosib ac er fy mod i wedi fy chwalu o ddim o beth i rywbeth llai fyth rhaid cofio a diolch na welais i beth welodd Martin ac oedd hi'n ddigon drwg fod ei dad wedi'i ffeindio fe ond wy mor falch na welais i ddim o hynna a bod y corff wedi'i gludo i'r ambiwlans erbyn i mi gyrraedd adre a Martin yn nabod y criw hynny'n iawn wrth gwrs a Kevin ar fin cael ei gludo i'r *morgue* a goleuadau'r heddlu'n fflachio'n las yn union y tu fas i Sŵn-y-Don yn tynnu sylw'r pentre cyfan a phawb yn gwybod bod rhywbeth mawr wedi digwydd 'ma a finnau'n ofni'r gwaethaf yn rhedeg a bron baglu dros fy magiau siopa wrth feddwl falle fod Martin sy'n cario mwy o bwysau nag oedd e ers iddo fe fynd tu ôl i ddesg i ateb ffôn a rhoi'r gorau i redeg haneri marathon a finnau'n meddwl taw Martin oedd wedi cael trawiad falle neu'n gobeithio er bod e'n beth gwael i'w ddweud gobeithio taw un o'n gwesteion gwely a brecwast oedd achos yr holl oleuadau glas a ffwdan ambiwlans a char heddlu ond ie yn bendant Martin oedd yn iawn yn cadw fi draw achos oedd e'n gamgymeriad gweld Mam ugain mlynedd 'nôl mewn rhyw ffarwél olaf fel oedd Ruth yn mynnu y dylen i neud a chael cip clou arni yn y *chapel of rest* yn yr ysbyty dim ond i'w gweld hi'n edrych mor ddieithr yn frawychus o ddieithr bron fel rhyw greadures estron wedi i'r holl gyffuriau a gafodd hi i drin ei chancr lifo o'i chorff eiddil ond nid eiddil gwan mewn anial dir chwaith ond yn ysbyty bach cartrefol y dre lle oedd hi'n nabod y staff a'r cleifion eraill o leia ac oedd hynny'n rhyw fath o fendith am wn i a bu ffydd Mam heb amheuaeth yn ddolen gref iddi groesi i'r ochr arall ond wrth gwrs roedd yr hyn welodd Martin druan gymaint gwaeth ac mae'n dal i neud iddo fe ddihuno yn chwys domen ac yn sgrechian ac wy'n gorfod ei dawelu fe wedyn a sychu ei dalcen â macyn papur a mwytho ochr ei ben a'i si-lwlïan e'n dawel bach 'nôl i gysgu yn canu 'Ji Ceffyl Bach' neu 'Mynd Drot Drot ar y

Gaseg Wen' mor ysgafn â phluen sydd ben i waered braidd gyda fe yn dad nid y plentyn a Kevin dal yn blentyn i fi er nad oedd e mewn gwirionedd achos oedd e ar gyrion tyfu'n ddyn ond jest un deg chwech un deg chwech dyw e ddim yn neud synnwyr neith e byth synnwyr ac wy ddim yn gwybod sut fydda i byth yn ymdopi â hyn ond 'se fe ond wedi dweud wrthyn ni beth oedd yn digwydd yn lle cadw fe i gyd iddo'i hunan ac yn becso'i hunan yn llythrennol mewn i'r bedd a wnaeth Martin a fi ddadlau am hynny hefyd a Martin yn meddwl y dylai Kevin fod wedi mynd i'r amlosgfa ond oedd e'n dal i ddod i Seilo gyda fi bob bore Sul oedd yn anghyffredin iawn i rywun ei oedran e ond dyna ni oedd Kevin yn anghyffredin ac yn wir yn unigryw a dal i fwynhau dod gyda fi wy'n credu yn rhannol dan ddylanwad Rhodri (cyn belled â'i fod e hefyd yn cael mynd i'r cwis tafarn gyda'i dad yn y nos dyna'r ddêl) ac o'n i moyn iddo fe fod gyda'i dylwyth yn ein plot bach ni sef teulu fferm Maes-glas a fe Kevin oedd y cyntaf o'n teulu ni i fanteisio ar y cyfle i ddewis rhoi rhywfaint o'i organau a'i feinwe i'w drawsblannu ond oherwydd dull ei farwolaeth ac amseriad y post-mortem ni wnaethpwyd y naill beth na'r llall yn y diwedd ond oedd Kevin ware teg wedi trafod gyda ni'n grwt deuddeg oed dros ginio dydd Sul un tro pan ddaeth cynlluniau'r ddeddfwriaeth mas gynta a byddai rhai mae'n siŵr yn lladd arnon ni am roi cymaint o bwysigrwydd i farn crwt mor ifanc ond dim ond rhai oedd ddim yn nabod Kevin er erbyn hyn wy'n dechrau meddwl os o'n i ei fam yn nabod e a rhaid gofyn a yw hi'n bosib i unrhyw un nabod rhywun arall o gwbl mewn gwirionedd neu nabod nhw'u hunain o ran hynny a 'na beth wedais i wrth Rhodri ar y fainc uwchben y traeth y noson o'r blaen dan y sêr llachar nad o'n i'n nabod fy hunan rhagor ac oedd e'n cytuno yn ei ffordd bwyllog synhwyrol arferol yn nodio'n ddwys ond yn gwrando'n astud arna i'n dweud bod cymaint o fywydau pawb wedi eu cwato tu mewn i'w pennau a dylen i fod wedi ychwanegu yn waeth yn llechu'n dawel yn y distawrwydd dinistriol sy'n gallu bodoli ar bob aelwyd am wn i ond oedd â phresenoldeb trachwantus yn mynnu mudandod llwyr am bethau'r cnawd am flynyddoedd ar aelwyd Sŵn-y-Don a heb unrhyw anogaeth gen i dyma fe'n sôn bod e a Kevin wedi eistedd sawl gwaith ar y fainc yma dan y sêr yn trafod y lleuad a disgyrchiant a theori'r Big Bang a Rhodri o'r farn taw'r eglurhad mwyaf derbyniol a rhesymol a hyd yn oed gwyddonol yn ei farn e oedd

'A Duw a ddywedodd bydded goleuni a goleuni a fu' ac roedd clywed am y sgyrsiau hyn rhwng Kevin a'i athro Ffiseg yn twymo fy nghalon i ac yn cadarnhau taw dyna fyddai Kevin moyn sef bod ym mynwent Seilo er gwaethaf ei ddaliadau amgylcheddol sy'n stori arall eto ond wrth gwrs yn wahanol i roi organau neu feinwe wnaethon ni erioed drafod ei ddymuniadau angladdol yn fanwl wel dyw e ddim y math o beth chi'n trafod gyda'ch plentyn ac roedd Martin wedi codi'r pwynt falle byddai claddu naturiol mewn cae yn rhywbeth i'w ystyried o ddifri a chael blodau'n tyfu dros ei ei ei alla i ddim dweud y gair a ta beth o'n i'n erbyn y syniad hwnnw nid yn unig achos nad oedd modd cael gwasanaeth crefyddol yno ond hefyd achos er bod modd cael rhyw farc i ddweud ble mae'r corff dyw e ddim yr un peth â bedd mewn mynwent lle allwch chi osod blodau a chael ei enw e 'na ac adnod berthnasol falle er bod rhai'n meddwl pwy fyddai moyn rhoi'r fath beth ofnadwy i lawr ar gof a chadw ac o leia gath e wasanaeth iawn yn Seilo llond y lle a dros gant y tu fas hefyd medden nhw ac o safbwynt hanesyddol ddylen i fod yn ddiolchgar am y caniatâd ynta gyda'r capel wedi edrych i lawr ar ar ar beth ddigwyddodd fel rhywbeth anfaddeuol a phobl styfnig o egwyddorol neu ragrithiol o greulon wede Martin fel Nansi'r Fron yr hen ast yn defnyddio'r gair pechod am yr hyn wnaeth e ac er bod meddwl am beth i roi ar ei garreg fedd e pan fydd hi'n barod yn rhoi pen tost i fi mae e'n gymaint o gyfrifoldeb 'Duw Cariad Yw' neu 'Wele seren yn y dwyrain' neu'r un a ddewiswyd ar gyfer ei daflen angladd 'A phan welsant y seren llawenychasant â llawenydd mawr dros ben' sy'n rhy hir i roi ar garreg ac yn un wnes i ddifaru ei dewis ar gyfer y daflen hefyd o ran hynny ond mae'n rhaid nad o'n i'n meddwl yn strêt beth bynnag yw meddwl yn strêt erbyn hyn a sdim ots mewn gwirionedd achos ta beth wna i ddewis i'w roi ar y garreg wy'n gwybod neith dim byd y tro i Martin ond wy dal yn falch wnes i styfnigo a mynnu cael fy ffordd am y fynwent er gwaethaf agwedd lugoer Martin at Seilo ac o leia alla i fynd â blodau i'r potyn heb fod yn bell o'r goeden ywen fel wy wedi neud droeon gyda Mam a Dadi a maes o law falle bydd hynny'n rhyw fath o gysur eu bod nhw i gyd gyda'i gilydd er alla i ddim gweld hynny nawr rhaid cyfadde er bod y gweinidog y Parchedig Ifan sydd dipyn yn iau na fi a fyddech chi'n meddwl heb brofi lot mewn bywyd eto ond na ware teg y gwir yw ei fod e wedi dangos aeddfedrwydd rhyfeddol ac wedi bod yn gefn i ni a'n helpu ni gyda dewis emynau i'r gwasanaeth sef 'Calon Lân' a 'Finlandia' i eiriau gwych Lewis Valentine rheiny enillodd y dydd er y bu bron i fi gael 'Pantyfedwen' yn lle 'Dros Gymru'n Gwlad' ar y dechrau hefyd ond roedd y geiriau 'tydi a roddaist i mi flas ar fyw' yn baglu'n boenus yn fy mhen am eu bod yn yn yn wir ond eto ddim yn wir na dim yn wir o gwbl dyna'r ffaith amdani ac wrth i fi olchi fy nwylo golchi fy meiau i gyd yn sinc gwyn Sŵn-y-Don wy'n meddwl am Rhodri a'i garedigrwydd ar y dydd ond hefyd am eiriau dethol y Parchedig Ifan yn y capel yn y gwasanaeth gyda dagrau'n powlio i lawr sawl wyneb pan soniodd am seren mewn cymuned wedi diffodd ac o'n i'n meddwl y byddai Kevin wrth ei fodd cael ei ddisgrifio fel seren gyda'i ddiddordeb brwd yn y lleuad a'r gofod yn gyffredinol ac yntau'n cadw lan gyda'r datblygiadau diweddaraf ym maes teithio'r gofod gyda chwmnïau Richard Branson ac Elon Musk ac eraill ac oedd e wedi sôn gyda phendantrwydd a'r sicrwydd rhyfeddaf y byddai e o bosib yn cael cyfle i deithio i'r gofod yn ystod ei oes ac nid dim ond y Parchedig Ifan sydd wedi bod yn dda chwaith ond ware teg galwodd Dr Carol a rhoi tabledi i fi a Martin i'n helpu ni i gysgu a threfnodd yr heddlu hefyd i ryw ymgynghorydd galar i alw menyw ifanc Lilly neu Holly neu Penny wy ddim yn cofio nawr gwallt byr du a llygaid trawiadol gwyrdd un ddwys iawn yr olwg ac mae ei charden hi dal gyda fi yn fy mhwrs gyda'r geiriau 'galwch fi ar y rhif hwn unrhyw adeg ddydd neu nos' ar ei chefn hi ac oedd hynny'n beth deche iawn i neud ac wy'n siŵr oedd hi'n meddwl e hefyd achos oedd hi'n taro fi'n fenyw garedig gydwybodol ond wy heb ffonio hi o gwbl a dyw Martin ddim chwaith ac erbyn hyn ta beth mae 'na fenyw neis iawn arall o'r enw Fflo sy'n swnio fel enw ci i fi yn dod lawr o Aberystwyth i 'ngweld i bob pnawn Mercher neu 'na beth mae hi wedi addo 'no er ddaeth hi ddim ddoe ond wnaeth hi adael neges ar y peiriant ateb yn ymddiheuro a dweud bod ganddi wddwg tost ac mae hi'n galw'i hunan yn gwnsler galar yn hytrach nag ymgynghorydd galar er does dim gwahaniaeth rhyngddyn nhw hyd y gwela i ac mae hi wedi bod yn eitha help yn barod a dweud y gwir i dreial rhoi'r holl drasiedi mewn rhyw fath o bersbectif ehangach ac mae hi i fod i weld Martin hefyd ond ma' fe wedi gwrthod yn lân â chwrdd â hi sy'n drueni ac yn peri gofid i Fflo druan sydd ond yn gwneud ei gwaith ac sydd ond hanner ein hoedran ni ac yn gochen dal braidd yn ddanheddog sy'n byw yn South Road mae'n debyg sef ble o'n i ar fy mlwyddyn olaf ar ôl symud mas o Neuadd Pantycelyn ac mae hi'n fam i dri o blant yn barod ac wy moyn gofyn ai talfyriad o'r enw Fflorens sef enw'r groten ar y *Magic Roundabout* ers talwm yw Fflo ond wy heb gael yr hyder i ofyn iddi eto ac mae meddwl am y *Magic Roundabout* yn fy atgoffa i o'r actores ddawnus sy'n ymgyrchydd amgylcheddol Emma Thomson gan fod Kevin yn ffan ohoni ac yn ôl Martin ei thad hi greodd y *Magic Roundabout* ond wedodd y Fflo hyn fod un o bob deg rhiant sydd wedi cael wedi cael wedi cael yr un profiad â ni un o bob deg rhiant yn lladd eu hunain hefyd o fewn y flwyddyn sydd braidd yn frawychus a bod yn onest a falle bydd rhaid i fi roi mwy o bwysau ar Martin i gwrdd â Fflo yn lle cloi popeth yn ei ben ond 'na fe oedd heddi wastad yn mynd i fod yn ddiwrnod anodd ac o'n i wedi'i neud e'n glir i Martin na fydden i'n gallu mynd gyda fe i'r ysgol i nôl y risylts nid gyda'i ffrindiau fe i gyd 'na fydde fe'n ormod ond wy'n falch aeth Martin achos dyw e ddim 'run peth eu cael nhw ar-lein â'u cael nhw mewn amlen ac enwau'r pynciau i gyd wedi'u printio mas yn iawn a'i enw llawn Kevin Hywel Edwards ar y dystysgrif sef Hywel ar ôl tad Martin a

Martin mor ddewr yn wynebu pawb ac ysgwyd llaw'r brifathrawes mae'n debyg a finnau wedi cymryd dihangfa'r cachgi ond o'n i'n ffaelu jest ffaelu neud e ac wy'n cael y cwlwm cas cyfarwydd yn fy mola i eto wrth feddwl am y peth ond does bosib fod Martin yn deall y byddai gweld yr holl wynebau ifanc disglair â'u bywydau i gyd o'u blaenau wedi bod yn ormod i fi glei ac wy'n grac â'n hunan weithiau am fod mor wan fel yn achos ei ystafell wely pan wy'n gorfod mynd lan weithiau i jest arogli peth o'i hen stwff e wy wedi'i gasglu mewn bag Tesco ond heblaw am hynny prin fy mod i wedi cyffwrdd â'r ystafell ei hun yn iawn heblaw am ychydig o ddwstio ddechrau'r wythnos 'ma oedd yn brofiad digon poenus gan i mi edrych ar yr holl luniau o Kevin sydd wedi'u pinio ar ei hysbysfwrdd corc ar ei wyliau gyda ni ar un o'n *city breaks* fel teulu neu o flaen cofgolofnau enfawr Marx ac Engels yn Berlin gyda'i dad ac ar bont Brooklyn gyda fi a'r ddau ohonom â'n breichiau amdano o flaen Swyddfa Bost Dulyn ac yn grwt bach yn ei wisg Batman wedi ei swyno gan hwyaden yn y dŵr yn Center Parcs ac wedi'i guddio gan ei holl geriach sgïo yn yr Alpau Ffrengig ac ar ben Pen y Fan gyda Jake yn dala ymlaen i'w het wellt anaddas rhag iddi chwythu i ffwrdd yn y gwynt heb sôn am ei holl luniau pêl-droed yn gefnogwr ac yn chwaraewr gan gynnwys un ohono'n gwylio sgrin fawr mewn sgwâr ym Madrid gyda Martin yr haf yma yn gwylio Lerpwl yn cipio'r Champions League er gwaetha'r ffaith bod e yng nghanol adolygu at ei arholiadau TGAU ac yn edrych mor aeddfed bron fel oedolyn yn dal fel ei dad a thenau fel rhaca ac mae Martin yn iawn fe wasgodd e lot o fywyd mewn i'w un deg chwech o flynyddoedd ac wyth mis ar y ddaear a gallith neb gael gwared â'r profiadau bendigedig sydd yn ein cof a'n calonnau a bron i fi dorri lawr wrth weld yr holl ddwst ar y llun o'i wyneb a wnaed o ddarnau Lego mor debyg iddo o bell fel y gallech dyngu taw ei groen e'i hun oedd yno mor glyfar oedd gwaith pwy bynnag wnaeth e ym mhentref Legoland ger Windsor ac yntau prin yn saith oed ar y pryd a'r dwst wedi casglu'n wael drosto nawr gan fod y llun Lego dan ei wely am ryw reswm a minnau'n ei lanhau ac i fod yn onest na sdim cywilydd gen i gyfadde 'mod i wedi arogli ei ddwst gan fod hyd yn oed ei ddwst yn gysur o ryw fath a ninnau i gyd wedi ein gwneud o ddwst ac o ddwst sêr yn wir fel yr eglurodd Kevin yn drwyadl a llawn cyffro i fi un tro ac er i fi sylwi ar ddarn hir o raff coch dan y gwely sef darn sylweddol o raff na ddefnyddiwyd i na ddefnyddiwyd i wy'n treial dileu'r ddelwedd honno o fy mhen ac ar ôl golchi fy nwylo eto fyth wy'n arllwys y *zest* i mewn i'r cymysgedd ac mae'r curo'n waith caled ac yn straen ar fy mraich dde wrth i fi sicrhau fod y cymysgedd yn ysgafn ac mae'n galetach fyth canolbwyntio ar y dasg dan sylw heb ollwng yr un deigryn mawr hallt i'r bowlen wrth i fi feddwl am ei chwech A serennog a'i bump A heddi a'r merched mae'n debyg ar draws y wlad wedi trechu'r bechgyn ym mhob categori gan gynnwys gwyddoniaeth ac wy'n meddwl am ei dad a finnau yn yr ysgol tua'r un oedran ag e gyda Martin ddwy flynedd yn hŷn na fi ond yn gwlffyn o destosteron hyd yn oed yn fachgen ysgol gyda'r ddawn ryfedd o fod ym merw pethau ond eto ar y cyrion yr un pryd ac yn un o sêr y tîm rygbi oherwydd ei daldra ond eto ddim yn cymysgu gyda bechgyn y tîm yn gymdeithasol a finnau'n licio'r ffordd oedd e'n cadw'i hunan at ei hunan yn edmygu hynny ac yn chwilfrydig ar yr un pryd ond wy ddim moyn meddwl am Martin yn iau nac amdano o gwbl ar y funud gan fy mod i'n lloerig ag ef ac wrth i fi ganolbwyntio ar gymysgu'r fflŵr i mewn yn dyner a rhannu'r cymysgedd rhwng y tuniau pobi heb grynu mewn cynddaredd wy'n sylwi bod diferyn bach coch o waed yn y cymysgedd hefyd wedi syrthio'n slei bach o'm llaw wel o un o gymalau fy nwrn a bod yn fanwl ac wy'n defnyddio sbatwla i wastatáu cynnwys y tuniau a blasu peth ohono gyda fy mys melys sef rhywbeth yr hoffai Kevin ei neud gyda'r ddysgl fawr fel o'n i'n arfer neud gyda'n fam innau fel mae pob plentyn sydd â rhiant sy'n pobi yn neud am wn i ond wy ddim yn gwybod chwaith falle ddim wy ddim yn gwybod unrhyw beth rhagor ac mae Martin hyd yn oed sydd wedi bod mor sicr o bethau fel fi gyda fy nghrefydd a fe mor sicr o'i wleidyddiaeth mae Martin hyd yn oed wedi bod fel cwmwl yn chwilio am loches mewn storm gan fynnu bod sicrwydd ei ddaliadau wedi ei siglo i'r byw a bod clymau cymdeithas wedi eu datod a neb yn gwybod sut i'w clymu nhw'n ôl a 'na beth wedodd e air am air pan aethon ni am wâc ar hyd yr afon lawr i'r môr ar noson yr angladd gan ddal dwylo'n gilydd fel cariadon ifanc ac wy'n meddwl taw sôn am ddiffyg safonau moesol oedd e sef y glud anweledig sy'n clymu cymdeithas ynghyd a rhyw fath o ffordd o fihafio sydd wedi mynd erbyn hyn achos bod y Byd wedi mynd yn rhy fawr ond rhy fach hefyd gyda'r Rhyngrwyd ac wy'n teimlo fel poeri'r gair wrth ei ddweud yn fy mhen y Rhyngrwyd a'i holl fendithion yn ogystal â'i felltithion ond yn bennaf y diffyg rheolaeth ar y dam peth a'i faint llethol yn cyrraedd bron pob aelwyd yn y byd fel unwaith falle oedd y Gair yn cyrraedd â'i neges gref a'i arweiniad doeth ac i feddwl taw gwên hyfryd Martin fel haul trwy gwmwl a'm denodd i ato fe yn y lle cyntaf wy'n cofio'r union noson wnaethon ni ail-gwrdd â'n gilydd fel oedolion fel petai a finnau yng nghanol fy ugeiniau ac wedi hen ddychwelyd o'r coleg yn Aber a chael gwaith swyddfa yn y Weinyddiaeth Amddiffyn yn Aberporth ac yntau wedi symud o'r dre i Gaerfyrddin i fod yn nes at ei waith yn yr ysbyty ie yn ail-gwrdd fel oedolion ifanc mewn dawns ffermwyr ifainc ym Mlaendyffryn a dyn oedd Martin Edwards reitiwala o'i gorun i'w sawdl a falle dyna oedd y broblem er 'sen i byth yn dweud hynny wrtho fe bod e'n gymaint o ddyn ond eto o'n nhw'n agos iawn y tad a'r mab yn neud cymaint o bethau gyda'i gilydd fel gwylio pêl-droed a'r tîm cwis bob nos Sul wrth gwrs ers i Kevin droi'n un deg chwech a finnau gyda nhw weithiau hefyd ac er mai cwis i oedolion oedd e oedd Martin a fi mor browd ohono fe gyda Kevin yn gwybod y pethe rhyfedda am bynciau amrywiol am y Rhufeiniaid er enghraifft yn nabod teulu'r Cesariaid fel 'sen nhw'n byw lawr yr hewl ac yntau ddim yn neud hanes fel pwnc yn yr ysgol ond jest â diléit syml mewn gwybod pethau diléit heintus wrth i ni i gyd fwynhau gwylio *Who Wants To Be A Millionaire* a *Mastermind* a *University Challenge* adre er bod yn gas gan Martin yr hen Paxman mawreddog 'na mor wahanol i'r hen Bamber Gascoigne a gas gydag e John Humphrys hefyd o ran hynny ddim yn yr un cae â Magnus Magnusson a ffeithiau a rhifau yn sticio ym mhen Kevin fel pryfed yn glynu wrth drap glud a wedodd e un nos Sul yn y rownd amcangyfrif rhifau fod dau ddeg saith miliwn o bryfed i bob unigolyn ar y ddaear a finnau'n meddwl am ryw reswm am y pla o locustiaid yn yr Aifft yn y Beibl a synnwyd Peter hefyd gan wybodaeth Kevin pan welodd hwnnw ei fod e'n gywir ie Peter capten answyddogol y tîm a ninnau'n ei alw fe'n Capten Mainwaring tu ôl i'w gefn ar ôl y rheolwr banc yn *Dad's Army* achos mae gydag e union yr un agwedd anoddefgar ffroenuchel â hwnnw ac wrth i fi daflu'r masglau wyau yn y bin priodol a golchi'r plât bach lle bu'r *zest* a dysgl blastig wen y glorian a'r sbatwla yn y sinc wy'n meddwl am Kevin wrth ei fodd yn cerdded Llwybr yr Arfordir gyda'i dad a gwneud hynny'n reit aml hefyd a finnau gyda nhw weithiau os oedd hi'n weddol dawel o ran ymwelwyr yn Sŵn-y-Don ac wrth gwrs oedd y rheiny'n ffactor fawr o ran penderfynu torri'r goeden afalau er bod cryn dipyn o'i ffrindiau moyn gosod blodau lle lle lle wnaeth e beth wnaeth e ond oedd rhaid ystyried yr effaith ar *bookings* Sŵn-y-Don o wybod fel y bydden nhw mae'n siŵr o wybod maes o law am yr hyn ddigwyddodd yn yr ardd a phenderfynon ni beidio cwato'r peth achos doedd dim modd gwadu ond yn hytrach dylid ei gofleidio y gorau allwn ni gan hyd yn oed roi Llyfr Coffa yn y pasej ffrynt sef fy syniad i a Martin yn cytuno wysg ei din er bod e eisiau bod yn agored hefyd ware teg ond falle ddim cweit mor agored a'r peth cyntaf chi'n gweld wrth ddod mewn trwy'r drws ffrynt ar wal y pasej yw llun o Kevin yn ei wisg ysgol a llun arall ohono fe'n ddwy oed yn gwrls golau i gyd a'i wyneb direidus mor debyg i Harpo Marx sef y telynor tawel o ffilmiau'r Brodyr Marx a daeth cwestiynau amdano fe lan wy'n cofio mewn cwis nos Sul yn y gwanwyn gyda Martin yn gwybod o ble does gyda fi ddim syniad taw Adolf oedd enw iawn Harpo a'i fod e wedi'i newid e i Arthur nid oherwydd Hitler ond ymhell cyn bod unrhyw sôn am yr Adolf arall achos doedd cylchgrawn y *New Yorker* ddim yn licio'r enw Almaenaidd a phan gawn ni unrhyw ddadl hwyr y nos am grefydd a Duw mae Hitler wastad yn codi'i ben ynghyd â Pol Pot a Saddam Hussein ac eraill a finnau'n treial taro'n ôl gyda Mozart neu van Gogh neu'r Iesu ei hun ac mae meddwl am Hitler yn fy atgoffa wrth gwrs ei fod e hefyd wedi wedi wedi neud beth wnaeth Kevin sef cymryd ei fywyd ei hun er 'mod i'n anghyfforddus iawn gydag unrhyw gymhariaeth rhwng y bwystfil creulon hwnnw a Kevin ni ond wedyn wy'n cofio bod Martin wedi sôn bod e moyn neud rhywbeth i helpu ar Ddiwrnod Atal Hunanladdiad y Byd fis nesaf er bod teitl y diwrnod fel 'se fe'n sôn am hunanladdiad y blaned a fyddai hynny'n siŵr o gynhyrfu Kevin oedd yn edmygydd mawr o'r groten o Sweden â thân yn ei bola Greta Thunberg a dim ond dau fis rhyngddyn nhw o ran oedran un deg chwech oed un deg chwech dim ond un deg chwech a'i bywyd dal o'i blaen hi ond yn llawn gofid am y bywyd hwnnw ac am ein bywydau ni i gyd ac yn llawn dirmyg tuag at fy nghenhedlaeth i a Martin sef dirmyg y cyfiawn fel oedd gan yr Iesu ei hun yn blentyn yn y Deml ac wy ddim yn cwympo mas gyda Martin yn aml ond wedodd e neithiwr ar drothwy diwrnod y canlyniadau TGAU ei fod wedi bod yn meddwl am genhedlaeth Kevin ac am yr helbulon sylweddol y byddan nhw'n gorfod wynebu nid yn unig cynhesu byd-eang ond prinder cyffuriau gwrthfiotig achos fod 'bacteria wedi bod 'ma'n hirach na ni a fyddan nhw'n ein goroesi ni hefyd' chwedl Martin a phrinder dŵr a newid diwylliannol anferth oherwydd AI a'r cynnydd sylweddol mewn amser hamdden fydd yn sgil hynny a'r posibiliadau real iawn o derfysgwyr yn cael gafael ar daflegrau niwclear ac am foi gwydr hanner llawn fel arfer oedd e'n negyddol tu hwnt neithiwr ac yn goron ar y cwbl dyma fe'n dweud falle'i fod e'n beth da bod Kevin ddim yn mynd i orfod wynebu'r fath fyd trychinebus a finnau'n taranu y dylai fod ganddo gywilydd dweud y fath beth a bod rhaid credu yng ngallu'r ysbryd dynol i oresgyn y fath broblemau fel mae dynoliaeth wedi llwyddo i neud droeon yn y gorffennol wrth wegian ar ymyl dibyn apocalyptaidd ac wy'n credu hynny'n gryf ac wrth gwrs dyma fe'n tynnu fy nghoes i wedyn fy mod i'n mynd i dop y caets gyda'r fath faterion tyngedfennol oherwydd i fi gael fy ngeni yn ystod argyfwng niwclear Ciwba yn Hydref mil naw chwe dau ond rhag dy gywilydd di Martin am daflu dŵr oer ar rywbeth mor llawn bywyd â dy fab dy hunan a ddylet ti wybod yn well na neb am ei egni rhyfeddol a dyma fi'n sydyn yn cofio amdanom ni i gyd yn cerdded Llwybr yr

Arfordir gyda'n gilydd fel teulu gyda Kevin yn fwndel o egni wastad ar hast yn cerdded yn glou fel 'se fe'n ffoi rhag rhywbeth a finnau'n dweud wrtho am arafu ac yn gweiddi ei fod e fel gafr fynydd ac yn dweud hynny gyda 'ngwynt yn fy nwrn ac yn wên o glust i glust a hynny'n peri i Kevin chwerthin sef y sŵn hyfrytaf yn y byd rat-ta-tat o'r galon yn hollol naturiol fel cnocell y coed ond doedd y tri ohonom ddim digon agos i drafod pethau chwaith dim pethau corfforol na yn hanesyddol mae Sŵn-y-Don wedi bod yn dawel ynghylch pethau felly er yn baradocsaidd eto bu Martin a fi'n llawer mwy agored gyda'n gilydd yn ystod y blynyddoedd diwethaf hyn sef y blynyddoedd wedi'r menopôs a basiodd yn weddol dda i fi o'i gymharu â Ruth druan a gafodd amser ofnadwy a rhai o'm ffrindiau hefyd ond ges i sioc o ganfod bod fy chwant am ryw ac am Martin wedi cynyddu yn fy mhumdegau a'r ddau ohonom yn cofleidio'r cyfle i arbrofi fwyfwy yn y gwely ond wrth gwrs sôn am ŵr a gwraig ydw i nid siarad â'ch mab a chi'n disgwyl iddyn nhw gael gwybod am bethau fel'na yn yr ysgol dyddiau 'ma ond falle pwy a ŵyr 'sen ni wedi bod yn fwy agored a bod Kevin yn teimlo y galle fe siarad â ni falle falle falle o wy ddim yn gwybod wir pwy a ŵyr ond wy'n mynd i ymdopi ac mi fydda i'n cadw'n ffydd a chadw fy urddas ac yn dala fy mhen yn syth i wynebu llygad y storm ac er bod hi'n dawel aruthrol yn Sŵn-y-Don hebot ti Kevin wy moyn i ti wybod fy mod i'n cael fy atgoffa ohonot ti'n aml ac yn canfod dy bresenoldeb yn y pethau rhyfeddaf gan gynnwys darnau o ewinedd yn y bin yn dy ystafell ac ambell flewyn yn y gawod ac wy'n gwybod falle fydd pobl yn meddwl 'mod i'n od ond wy wedi penderfynu cadw'r rhain hefyd yn y bag Tesco wy wedi'i gwato yn yr hen gwpwrdd bach pren ger dy wely ynghyd ag ambell eitem arall fel llyfryn nodiadau ffeindiais i ym mhoced un o dy hoff siacedi yr un denim wnest ti brynu yn y dre gyda dy arian pen blwydd a Nadolig yn y sêl dechrau'r flwyddyn sef y siaced wy'n ei harogli fel rhyw gyffur i'm cynnal pan mae pethau'n mynd i'r pen wrth edrych ar dy gitâr fas syfrdanol o dawel yn pwyso'n segur yn erbyn wal dy ystafell ac weithiau wy'n tynnu'r bag Tesco mas ac yn anadlu arogl y cynhwysion i mewn i'm ffroenau mor gryf ag y gallaf a'r hyn ydw i'n ei arogli fel gyda dy siaced yw hanfod di Kevin dy arogl unigryw di a 'sneb ar y ddaear 'ma'n mynd i ddweud wrtha i'n wahanol a 'sen i wrth fy modd yn ei roi mewn potel a'i arllwys drosta i y peth cynta bob dydd ac felly ti'n gweld i ryw raddau bach bach ti ddim wedi marw o gwbl achos ti'n byw mewn ffordd ddofn iawn i fi rhwng yr hyn sy'n cysylltu fy nhrwyn a fy ymennydd a pheth arall sydd yn y bag yw'r ddysgl ddefnyddiaist ti i gael dy frecwast ola o uwd ie uwd i ti bob tro hyd yn oed yn yr haf ac mae'r darnau mân o geirch sydd wedi caledu ar y ddysgl yn frown ac yn ddu ac yn wyrdd erbyn hyn ac wy'n licio meddwl amdanyn nhw fel plu bach ie dy uwd olaf fel plu ac wy'n cofio sut oeddet ti'n mynnu cael dy frecwast am flynyddoedd yn dy ddysgl *Tomos y Tanc* er taw Coco Pops oedd hi adeg hynny yn un cawdel brown nid uwd ac wy wedi rhoi ambell bluen yn y bag hefyd erbyn hyn er bod Martin wedi treial fy atal i rhag gwneud gan ddweud taw plu rhai o'r adar sy'n dod i yfed y dŵr oddi ar y ford yn yr ardd y'n nhw ar ôl i un o gathod Brynawel yr un dew gas ddu a gwyn fod yn aflonyddu arnyn nhw ond wy'n licio meddwl bod ti'n gadael negeseuon bach i ni eisiau dangos dy wisg newydd i ni fy angel gwyn neu falle dy fod ti'n treial gofyn rhyw gwestiwn i fi ai dyna ystyr y plu achos maen nhw wedi cynyddu ers i ti ein gadael ni sdim ots gyda fi beth wedith Martin neu falle mai gofyn cwestiwn wyt ti fel o't ti'n arfer neud ers o't ti'n ddim o beth yn gofyn beth yw amser a'r tro cyntaf i ti

neud hynny dyma fi'n edrych ar fy wats a dweud
faint o'r gloch oedd hi ond na wnelai hynny ddim o'r
tro a'r hyn o't ti'n gofyn go iawn oedd beth yw
Amser yn ei hanfod sef y cysyniad o Amser ei hunan
ac os wy'n onest o'n i'n ffaelu'n lân â dy ateb ddim
yn iawn ddim yn ystyr diwinyddol y peth na chwaith
yn ystyr Ffisegol y peth na dim o bell ffordd mwy
nag o'n i'n gallu ateb y cwestiynau eraill o't ti'n eu
gofyn yn grwt fel pam taw'r afal oedd y ffrwyth
gwaharddedig a pham bod afal wedi temtio Adda a
beth oedd e'n golygu ta beth Cwymp Dyn ac mae
meddwl am afal yn neud i fi feddwl am gorn
gwddwg amlwg Rhodri fel rhyw farblen fawr yn
symud 'nôl ac ymlaen wrth iddo siarad yn ei iaith
goeth ogleddol a Martin am uno Cymru gyfan gyda'i
Yes Cymru yn Gymry Cymraeg a'r Cymry di-Gymraeg
yn hwntws ac yn gogs trwy'r trwch ac o ba bynnag
blaid a finnau'n gwybod yn iawn fod hyn yn ymdrech
fawr iddo fe gan ei fod e'n reddfol yn amau
gogleddwyr yn enwedig gogleddwyr fel Rhodri sy'n
barddoni achos rheiny yw'r gwaethaf yn ôl Martin a
wnaeth Rhodri englyn i fi ar fy mhen blwydd yn
hanner cant ware teg iddo fe er oedd 'na ddim
golwg o ware teg yn agos i ymateb Martin oedd yn
gweld e'n beth od iawn i neud a finnau prin yn

nabod e adeg hynny ac yntau heb ddechrau dysgu Kevin eto ond oedd e newydd ddechrau fel blaenor yn Seilo a phawb yn falch o gael rhywun o'r to ifanc yn y Sêt Fawr a Rhodri wrth gwrs yn edrych tua deuddeg oed a'i fochau afalau coch a'i gorff tenau fel sguthan o denau fel oedd Mam yn arfer dweud ac os wy'n onest pan wedais i wrth Martin bod e'n neud rhyw gerddi i nifer o bobl Seilo ar achlysuron arbennig nid jest fi dyma Martin yn codi gwên arnaf trwy ei alw'n frych sef hoff air Martin i gyfleu dirmyg ond wy'n gwybod erbyn hyn nad yw Rhodri'n frych ddim o bell ffordd a phan wedodd rhywun wy ddim yn cofio pwy nawr bod e wedi gadael bwnsied o rosys cochion a nodyn er cof am Kevin wrth ochr y fainc uwchben Cei Cariadon wel oedd rhaid mynd i weld y blodau a darllen y nodyn o'n i ddim moyn bod yn anfoesgar ac wrth gwrs pan es i 'na nid nodyn oedd e o gwbl ond hafaliad sef $e = mc^2$ mewn inc coch sef hafaliad enwog Einstein am egni a màs oedd yn addas iawn mewn ffordd eironig o ystyried egni rhyfeddol Kevin ond eto'n beth rhyfedd i'w roi fel teyrnged ac oedd hwnnw yn hytrach na rhyw air bach mwy ffurfiol wedyn yn codi mwy o chwilfrydedd ac wrth gwrs wy'n gweld nawr mae'n rhaid taw dyna oedd bwriad Rhodri yn y lle cyntaf yn gosod ei fwydyn mewn afal pert coch neu mewn hafaliad pert coch a finnau'n ddigon dwl a gorffwyll i fachu'r abwyd ac i ddewis mynd i'w weld a'r mwya wy'n meddwl amdano fe y mwya wy'n teimlo taw cyfres o ddewisiadau yw bywyd a'r gamp yw dewis y llwybr iawn ar yr adeg iawn a sylweddoli pan mae newidiadau sylweddol sef rhyw newid ym mhlatiau tectonig eich bywyd yn digwydd fel colli eich mab yn sydyn mae angen i chi i neud rhywbeth amdano fe fel wnaeth Saul ar y ffordd i Ddamascus mewn ffordd neu wrth gwrs peidio neud unrhyw beth sy'n gallu bod yn benderfyniad llawn mor bwysig ac wy'n cofio pigo llyfr lan o'r silff yn ystafell wely Kevin sef un o'r nofelau graffig oedd e'n licio'u darllen *The Bad Doctor* oedd ei enw a sylwais i fod ysgrifen ar y dudalen agoriadol a'r geiriau 'Gan obeithio gwneith o dy ysbrydoli – Cofion – Rhodri (Mr Phillips) Nadolig 2018' ac wedyn 'Pob lwc efo "Y Corryn Craff" ' oddi tano a chael sioc na wyddwn i ddim beth oedd 'Y Corryn Craff' o gwbl ond mae Martin yn dweud bod pawb angen eu cyfrinachau er mae e'n deimlad anghysurus sdim iws gwadu hynny y teimlad nad o'n i'n nabod mab fy hun cystal ag o'n i'n meddwl fy mod i ac erbyn ystyried wrth feddwl am Rhodri wnaeth Kevin dynnu coes ei dad bod gydag e *thing* am y gogs oedd yn ymylu ar hiliaeth ac wrth gwrs Martin yn gwadu a Kevin yn gofyn pam nad oedd e wedi bennu darllen nofel Caradog Pritchard *Un Nos Ola Leuad* erioed 'te a Martin yn baglu dros ryw esgus neu'i gilydd ac mae'r sgwrs honno yn fy atgoffa o'r adeg brynon ni lamp golau arbennig i Kevin i'w helpu i ddarllen yn y gwely sef rhyw diwb metal hyblyg oedd e'n gallu ei symud fel bo'r galw i hwyluso'i ddarllen ac er 'i fod e'n help mawr ar y pryd oedd Martin a finnau'n meddwl bod e'n darllen gormod ac yn rhy aml ar draul cael noson dda o gwsg ac wy'n cofio codi i fynd i'r tŷ bach ar y landin un noson a sylwi ar y golau gwan yn dianc o ystafell Kevin a hithau'n bedwar o'r gloch y bore a finnau'n mynd mewn ac eistedd gydag e a gofyn beth oedd yn ei gadw lan mor hwyr ac yntau'n dangos ei gopi treuliedig o *Un Nos Ola Leuad* a finnau'n ei holi ymhellach am yr apêl ac wy'n cofio nawr beth wedodd e yn gwmws fel 'se fe'n eistedd fan hyn bod e'n licio bod y bachan wnaeth sgrifennu fe heb gyfaddawdu neu roi mewn wedodd e gydag iaith yr ardal o gwbl ac er nad oedd e'n deall popeth doedd dim ots achos oedd y pentre oedd e wedi'i greu er yn hynod yn fwy real oherwydd yr iaith anghyfarwydd ac wedyn dyma fe'n holi fi'n bost am bwy oedd yn cael mynd i'r seilam ac wy'n cofio rhyw olwg bryderus yn ymddangos ar ei wyneb pert a'r crychau ar ei dalcen fel llinellau ar bad papur gwag ac mae'n rhaid oedd e yn yr ysgol fawr erbyn hynny er oedd e'n darllen pethau ymhell o flaen ei oedran a dyma fe'n gofyn a oedd seilam yng Ngheredigion a finnau'n treial ei ateb e'r gorau allwn i a sôn am y bygythiad yn blentyn o gael fy anfon i Gaerfyrddin os o'n i ddim yn bihafio ond erbyn hyn ers blynyddoedd oedd y polisi wedi newid a threial cael mwy o ofal yn y gymuned oedd y nod a pheidio rhoi cymaint o stigma cymdeithasol ar bobl oedd yn dioddef o afiechyd meddwl ac wedyn dyma fi'n rhoi cusan dyner ar ei dalcen a dweud wrtho am ddiffodd y golau a threial mynd i gysgu ac yntau'n addo gwneud hynny er wnaeth e ddim wrth gwrs ddim tan ddiwedd y bennod oedd e'n ei darllen ta p'un ac o feddwl am y nodyn personol a'r dymuniadau da i Kevin oddi wrth Rhodri y Nadolig diwethaf ar flaen y nofel graffig os wy'n onest wy'n ymwybodol fy mod i'n gwarafun yr agosatrwydd diweddar rhwng y ddau i ryw raddau ac yn bendant moyn gwybod mwy am hyn a mwy am ble oedd pen Kevin yn ei fisoedd diwethaf a dyna reswm arall pam drefnon ni i gwrdd ar y fainc am fod Rhodri a Kevin yn licio edrych ar y lleuad yn y fan honno a thrafod syniadau mae'n debyg ar gyfer y nofel graffig ddoniol oedd Kevin wrthi'n ei chreu yn ei amser sbâr gyda'i ffrind Gareth am gorryn bach cyffredin anghyffredin oedd yn troi'n drôn pwerus gyda'r nos ac yn meddu ar y gallu i deithio i unrhyw fan yng nghysawd yr haul ac wrth gwrs wy'n sylweddoli nawr beth oedd 'Y Corryn Craff' a sgwn i falle gafodd Kevin ei ysbrydoli gan y dronau oedd e a'i dad wedi'u gweld droeon ar un o'u hoff wâcs bach o Dresaith i Aberporth a'r dronau arbrofol yn cael eu lansio o ganolfan y Weinyddiaeth Amddiffyn lle ges i'n swydd gyntaf erioed ar ôl gadael coleg a'r dronau yn hala colled ar Martin er nad yw e'n heddychwr chwaith ond yn grac fod ein llywodraeth lywaeth ni yng Nghaerdydd wedi gadael i'r fath arbrofi milwrol ddigwydd ar arfordir Ceredigion o bobman a finnau'n ofni bod ei fochau'n cochi a'i bwysedd gwaed yn cynyddu ac yntau ar dabledi i reoli ei bwysedd gwaed a Martin yn dweud wrthyf am beidio becso bod gydag e'r pwysedd gwaed gorau posib oherwydd effeithiolrwydd rhyfeddol ei dabledi ac yn datgan bod gen i'r dŵr poeth gorau yn y sir hefyd o achos effaith fy nhabledi innau sy'n profi pwynt Martin er bod hynny'n fy ngwylltio sef taw dim ond cemegolion ac ysgogiadau trydanol y'n ni wedi'r cwbl ac wy'n gosod y ddau dun pobi yn y ffwrn boeth a theimlo'r gwres yn cynhesu fy wyneb er dyw e ddim yn cymryd llawer i fi boethi nid jest oherwydd 'mod i'n dal i goethi'n fewnol yn llawn cynddaredd â Martin a tuag at y Byd yn gyffredinol ond hefyd tuag at y newyddiadurwraig a ffoniodd fi bore 'ma yn awyddus i'n cynnwys ni yn ei phapur newydd mewn darn ehangach mwy cyffredinol am dwyllo ar-lein ond gan roi sylw arbennig i *sextortion* sef gair na wyddwn i ddim am ei fodolaeth nes oedd hi'n rhy hwyr a jest pum mil o bunnau oedd achos yr holl helynt i Kevin a gallwn i fod wedi cael benthyciad o'r banc petai rhaid achos dy'n nhw ddim yn gofyn gormod o gwestiynau am swm fel'na y dyddiau 'ma a gallwn i fod wedi dweud ei fod e'n mynd tuag at gegin neu gar newydd neu rywbeth i neud â Sŵn-y-Don neu falle wrth gwrs 'sen i wedi egluro bod codiad Kevin yn dod yn dod er mwyn popeth yn dod ar gamera ac yn mynd i gael ei ddangos ar-lein i'w holl ffrindiau falle fyddai'r rheolwr os oes rheolwyr yn dal i fod mewn banciau falle y byddai e neu hi wedi cydymdeimlo ac mae meddwl fel hyn yn gwneud i fi fynd mas i'r ardd gan daflu cipolwg ar y cloc Ikea ar y wal gefn wrth fynd a nodi bydd y deisen yn barod am chwarter wedi tri ac wy'n llenwi can mawr plastig gwyrdd gyda dŵr oer hyfryd o'r tap allanol gyda diferion bach yn diwel dros fy arddwrn a'm braich ac wy'n teimlo'n lân lân nes i fi sylwi ar farc bach porffor ar ddwrn fy llaw dde a darn o groen rhydd coch yn flodyn bach iddo ac wy'n dechrau arllwys dŵr ar y blodau ar y pnawn ffein hwn o Awst ac mae'n lot rhy gynnar i ddyfrio'r planhigion wrth gwrs 'i bod hi a dylen i aros tan heno pan fydd y tymheredd wedi gostwng rhywfaint ond mae pethau fel amser fel 'sen nhw ddim mor bwysig nawr ddim yn bodoli mewn ffordd a sdim byd yn bwysig ac wy'n lloerig gynddeiriog wrth feddwl bod 'Hannah' neu pwy bynnag oedd e go iawn wedi rhoi'r fideo ar-lein ta beth i'r byd i gyd ei weld fel cosb i Kevin gan gadw at ei fygythiad milain heb wybod neu falle 'i fod e'n gwybod pwy a ŵyr bod Kevin wedi wedi wedi lladd ei hun 'na fe wy wedi'i ddweud e wedi lladd ei hun o'i herwydd ac wrth i'r diferion dŵr oeri fy mraich grynedig a f'arddwrn wy'n meddwl am y gair cŵl a Kevin yn dweud cŵl sawl gwaith drosodd a throsodd a falle am ryw eiliad neu ddwy oedd e hyd yn oed yn meddwl ei fod e'n neud rhywbeth cŵl wrth iddo gael ei gynhyrfu gan y flonden estron hynod oedd wedi cysylltu ag e dros y we ac a ymddangosai mor gyfeillgar rywsut ac oedd hefyd wedi cynhyrfu ei hun yn ôl ei golwg wedi cynhyrfu'n rhywiol ac mae Trefor llefarydd yr heddlu yn meddwl erbyn hyn fod yr un oedd yn galw'i hun yn 'Hannah' wrth ddadwisgo ar y sgrin o flaen fy mab y ddau *blonde bombshell* yn syllu ar ei gilydd ie bod hyd yn oed yr 'Hannah' a welodd Kevin mae'n debyg yn fictim ei hun a bod Kevin mewn gwirionedd wedi cysylltu â rhywun rhyw ŵr canol-oed siŵr o fod o'r Philippines oedd yn chwarae hen fideo ar gyfrifiadur cyhoeddus mewn caffi er mwyn cwato'i hanes ar-lein a'i hunaniaeth ac fe fynnodd y person hwn gael pum mil o bunnau gan Kevin o fewn eiliadau o dderbyn fideo Kevin fe ddaw'r elfen hon yn gliriach yn y Cwest gobeithio ac roedd Kevin yn amlwg yn fictim yn syth er nad yw'r gair yn hanner digon addas pan sylweddolodd faint y tric a chwaraewyd arno wrth i fi ddychmygu ei galon bron â stopi gydag anferthedd sarhad llwyr y peth a'i frest e'n tynhau a'i anadl dros y lle i gyd allan o reolaeth fel y byd ei hun ac mae'n rhaid ei fod e'n grac hefyd mor grac ac yn teimlo cywilydd cymaint o gywilydd fel mae ei negeseuon truenus e'n ymbil ar 'Hannah' i beidio dangos y fideo yn ei ddangos yn begian taw dim ond un deg chwech oed oedd e ac nad oedd ganddo bum mil o bunnau ddim yn syth ta beth ond os fyddai hi'n fodlon aros falle erbyn diwedd y flwyddyn fydde fe wedi gallu codi digon Duw a ŵyr sut a oedd e'n meddwl cynnal raffl neu godi arian yn dorfol ar-lein beth ar y ddaear oedd yn mynd trwy'i ben bach dryslyd dim ond newydd ddechrau gweithio'n rhan-amser dros yr haf i'r Urdd oedd e yn helpu gyda gweithdai pêl-droed a'r heddlu'n gofyn i ni o'n ni'n gwybod am unrhyw gynlluniau codi arian oedd gan Kevin ac wy'n diolch o galon iddyn nhw am ddangos rhai o'r pethau oedd ar ei liniadur i ni pethau ysgytwol ond truenus hefyd a bydd rhaid i fi dreial siarad gyda Megan yn iawn eto rywbryd a magu plwc i edrych i fyw ei llygaid hi a gofyn faint oedd hi'n wybod am atyniad Kevin at raffau a chlymu a phryd ddechreuodd ei chwilfrydedd ynglŷn â'r fath bethau a ninnau'n gorfod ateb yr heddlu'n syn gan edrych yn gegrwth a dweud na wydden ni ddim am gynnwys ei liniadur nac am unrhyw gynlluniau i godi arian jest bod e fel wedais i wedi dechrau gweithio i'r Urdd yn cynnal gweithdai pêl-droed i fechgyn yn bennaf ond merched hefyd a phawb yn dweud pa mor dda oedd e gyda'r rhai bach gyda rhieni'n dod lan ata i gan ddweud ei fod e mor 'naturiol' gyda nhw ac wedyn wy'n meddwl am y gynddaredd a'r ofn a'r arswyd mae'n rhaid ei fod wedi'u teimlo hyd yn oed yr adeg hynny a'i gadw fe i gyd iddo'i hunan i gyd yn ei galon un deg chwech oed oedd yn pwmpio yn pwmpio yn llawn cywilydd a siŵr o fod yn casáu ei hunan am gael ei ddala yn neud y fath beth ond plis na paid casáu dy hunan fy mabi gwyn ac i feddwl fy mod i wedi bod yn becso pan aeth e i'r disgo ysgol Nadolig diwethaf gyda Megan Bradley oedd e'n ei ffansïo'n dost bryd hynny mae'n debyg a finnau'n becso'i bod hi'n mynd i dorri'i galon e ac mae hynna'n swnio mor ddiniwed nawr ac o'n i heb ystyried o'r blaen fod yna ffyrdd teg i dorri calonnau pobl ifanc a'u bod nhw'n glynu wrth ryw fath o gytundeb ymddwyn gwaraidd a diolch am hynny ac wrth i fi lenwi'r can dŵr unwaith eto wy'n sylwi ar yr agapanthus llipa yn y gornel o flaen y rhosod cochion ac wy'n cofio arllwys fy nghynddaredd ar y blodau glas diniwed ddechre'r mis yn rhannol gan taw nhw oedd ffefrynnau Kevin ond ar y llaw arall dyna pam y dylwn i fod wedi'u meithrin nhw'n well fel wedodd Martin a chware teg iddo fe wnaeth e drwsio'u coesynnau rwberaidd â weiar denau ar ôl hynny fel y gallen nhw ddal eu pennau balch lan eto i wenu ar yr haul gogoneddus fel y bydd Martin a finnau'n gallu gwneud hefyd un diwrnod gobeithio achos wedi'r cwbl ni ddylai bywyd boed yn ddyn neu'n anifail neu'n blanhigyn gael ei drin mewn ffordd mor dila ac mae rhan ohonof hyd yn oed yn teimlo'n euog am gael gwared â'r hen goeden afalau fawr ac un diwrnod yr wythnos ddiwethaf dyma Jake yn fy ngweld i yn y maes parcio wrth y cei a mynnu prynu coffi a *brownie* figan i fi yng Nghaffi'r Cei gyda Sharon tu ôl y cownter yn ein gwylio fel barcud yn bennaf achos oedd golwg mor ddifrifol ar Jake druan sydd gan amlaf yn edrych i lawr neu fyny i'r awyr neu unrhyw le heblaw eich llygaid wy'n credu achos ei fod e'n swil yn y bôn ac fel rhyw ebol bach yn symud ei ffocws bob dau eiliad ond y pnawn arbennig hwnnw oedd e'n syllu i fyw fy llygaid yn llawn consyrn achos oedd e wedi clywed gan rywun ein bod ni'n bwriadu cael gwared â'r goeden afalau ble ble ble wnaeth Kevin beth wnaeth e a byddai hynny yng ngeiriau Jake yn drosedd yn erbyn Natur a dyma fe'n parablu'n ddi-stop am rai munudau yn ddwys iawn am hawliau coed a bod Kevin wedi drysu'n llwyr mae'n rhaid wrth ddewis neud beth wnaeth e i goeden ddiniwed gan fod Kevin fel Jake yn gredwr cryf mewn rhoi hawliau cyfreithiol i bethau naturiol fel coed ac afonydd a llynnoedd oedd yn cael eu llygru neu eu camddefnyddio gan bobl ac wy'n credu er i fi dreial cwato'r wên oedd yn fy llygaid fe sylwodd Jake fy mod i'n ei ffeindio hi'n anodd credu'r hyn oedd e'n ddweud a'i gymryd o ddifri a dyma fe'n rhoi darn o bapur i fi wedyn sef geiriau yr unig gân wnaeth Kevin gyfansoddi i'w fand Lledrith sef 'Teifi' ac oedd hi'n gân am roi hawliau cyfreithiol i afon Teifi ac wedi ei hysbrydoli gan y cannoedd o bysgod ga'th eu lladd oherwydd i ryw ffermwr ddim yn bell o darddiad yr afon ei llygru â slyri ac o'n i'n gwybod y byddai Jake yn cael siom ond oedd rhaid dweud y gwir a dyma fi'n edrych mewn i'w lygaid gwaetgoch oedd yn awgrymu'n gryf ei fod e wedi bod yn smygu rhywbeth er i fi feddwl ar y pryd falle'i fod e wedi bod yn llefain neu falle oedd e wedi neud y ddau wrth gwrs ac wrth edrych i'w lygaid gwaetgoch a dweud bod y goeden eisoes wedi mynd dyma'i wyneb e'n crebachu bron fel balŵn yn byrstio welais i ddim o'r fath beth erioed fel 'sen i wedi lladd ei chwaer neu ei fam ac oedd cywilydd gyda fi am y goeden wedyn yn enwedig o wybod beth wy'n ei wybod nawr am farn Kevin rhywbeth arall eto fyth na wyddwn i'n iawn amdano fe er mi wyddwn i bod e dan ddylanwad rhyw hipis yn ddiweddar y rhai oedd wedi symud i fyw yn Henllan jest lan o'r Wenallt cwpwl neis iawn gyda llond dwrn o blant a adawodd i Lledrith chwarae gig answyddogol i'w ffrindiau ar eu tir fe wnaeth y gŵr David hyd yn oed fenthyg system PA iddyn nhw ac roedd Kevin wedi dod dan ddylanwad Jake ei hun wrth gwrs oedd erbyn hyn yn nodio'i ben ac yn treial deall pam fydden i wedi cyflawni'r fath drais ar goeden a dyma fe'n estyn ei law draw ataf i afael yn fy llaw a dweud wrthyf am beidio becso oedd e'n deall nad o'n i'n gallu meddwl yn strêt ac er nad bai'r goeden afalau ei hun oedd marwolaeth Kevin oedd e'n gallu deall y byddai'n straen ar unrhyw fam i edrych ar rywbeth hyd yn oed rhywbeth mor bert â choeden afalau bob dydd a gwybod bod ei mab wedi crogi'i hunan oddi arni ac o'n i'n falch bod e'n deall ond hefyd yn synnu fy hunan i raddau achos o'n i'n meddwl y dylen i o bawb wybod pa mor werthfawr a chaled all bywyd fod a minnau wedi dod â Kevin mewn i'r byd yn y fath annibendod poenus gyda deunaw awr o lafurio a chwythu a chwysu a phob help wrth law a ddylen nhw fod wedi trefnu cael *Caesarean* i fi a finnau'n ddim o beth a dim ond wythnosau ynghynt wedi cael fy mhen blwydd yn ddeugain oed ac wedi rhoi'r gorau i geisio cael plant mwy neu lai a'r ddau ohonon ni wedi dechrau trafod opsiynau eraill fel mabwysiadu ond yn y bôn wedi derbyn ein tynged nes i'r wyrth fach o'r enw Kevin gyrraedd a oedd wedi ei enwi ar ôl partner rheng flaen Lerpwl John Toshack o bawb sef arwr Martin ond ie *Caesarean* dyna ddylai'r penderfyniad wedi bod reit o'r dechrau wedi ei enwi ar ôl Julius Caesar wy'n credu Kevin fyddai'n gwybod mas trwy'r ffenest yn lle'r drws fel wedodd Martin ond aeth pethau i'r pen ac oedd brys mawr yn y diwedd nes taw cael a chael oedd hi a druan â Kevin bach yn greisis o'r cychwyn cyntaf a 'na pam gawson ni ond yr un plentyn falle oherwydd holl drawma'r esgor er wnaethon ni erioed drafod y peth na ddim yn iawn sy'n enghraifft arall o dawelwch byddarol Sŵn-y-Don am bethau corfforol am flynyddoedd blynyddoedd o gyfrinachau a distawrwydd a chymerwyd yn ganiataol na fydden i byth yn rhoi fy hun trwy'r fath artaith eto ac wrth gwrs fydden i yn fy neugeiniau cynnar 'sen ni'n digwydd taro'n lwcus a mwy o risg wrth fynd yn hŷn hefyd er ie wrth gwrs mae 'na ran fach ohonof na rhan fawr sy'n difaru am hynna nawr ac yn meddwl y byddai cael merch sef chwaer fach i Kevin wedi bod yn braf a gallen ni fod wedi defnyddio rhai o'r enwau solet Beiblaidd o'n i wedi'u trafod pan o'n i'n cario Kevin fel Miriam a Sara a Ruth (ar ôl fy chwaer) ac mae hyd yn oed hynna'n neud i fi deimlo'n euog gan fy mod i'n meddwl am sut beth fyddai cael plentyn arall fel 'se hynny'n gallu neud lan am y golled wel y fath dwpdra beth gododd yn dy ben di lo's ond wy wedi cael llond bola o deimlo'n euog am bob dim hefyd pan mae'r dihiryn sy'n euog go iawn yn y drasiedi arswydus hon dal â'i draed yn rhydd a siŵr o fod yn twyllo hyd yn oed mwy o bobl ifanc fel Kevin yr eiliad hon mewn gwaed oer digywilydd ac wy'n meddwl am yr enw Ruth eto oedd wastad well gyda fi'r enw hwnnw na fy enw llipa i Mari achos mae rhywbeth cadarn am Ruth ac mae hi wedi bod yn gadarn ac yn gefn mawr i fi ware teg iddi byth ers iddi ddod draw'r noson honno y noson ddigwyddodd ddigwyddodd yr holl beth a fy nghofleidio'n dynn heb yngan yr un gair ac wy'n cofio nes ymlaen pan welodd hi'r holl gardiau a blodau wedodd hi ei bod hi wedi treial ysgrifennu nodyn i fi a Martin ond wedi ffaelu achos oedd hi wedi dod i'r casgliad nad oedd geiriau nad oedd unrhyw eiriau o gwbl yn mynd i ddod yn agos at leddfu'r poen arswydus ac oedd well gyda hi neud rhywbeth ymarferol ac yn wir wnaeth hi goginio rhyw brydau bwyd bach i ni a'i gollwng draw 'ma bob hyn a hyn ac mae'n dal i neud hynny ac er bod hwnnw'n beth ymarferol da iddi neud a finnau'n gwerthfawrogi mae e'n ddiangen mewn gwirionedd achos mae coginio fel wy'n neud nawr yn ffordd dda i fi dreulio fy amser er nad yw'r cysyniad o amser fel o'n i arfer deall amser yn bodoli bellach chwaith ond wnaeth Ruth gynnig rhywbeth falle ddylen ni ystyried o ddifri pan gawn ni 'amser' iawn sef talu am wythnos o wyliau i ni i gerdded Llwybr yr Arfordir gyda'n gilydd a byddai hi ac Arwyn a Huw a Bethan yn fodlon gwneud rota a chymryd drosodd fan hyn am wythnos os fyddai rhaid a'i bod hi'n weddol dawel 'ma fel maen nhw wedi neud o'r blaen i ni a falle wna i fanteisio ar hynny a threial neud rhywfaint o Sir Benfro achos wy heb neud wâc Cwm yr Eglwys ers blynyddoedd neu hyd yn oed Pen Llŷn maen nhw'n dweud bod y machlud yno'n werth ei weld ac wy erioed wedi bod yn yr ardal honno ond wy'n ffaelu meddwl am symud o'r gadair 'ma ar y funud chwaith heb sôn am gerdded am filltiroedd a falle bydd hynny'n anodd cerdded y Llwybr jest ni'n dau ac yntau wedi bod gyda ni mor aml ond dyna ni rhaid wynebu'r ffaith y bydd yn rhaid i ni neud pethau hebddo fe ac wy'n benderfynol yn y pen draw y bydd rhyw ddaioni'n dod mas o'r drygioni hyn ond mae meddwl am gynnig Ruth yn neud i fi feddwl beth os na fydden i wedi stopi i gael swper gyda hi ac Arwyn ar y noson dyngedfennol honno a fydden i wedi gallu stopi pethau rhag mynd yn rhy bell ond oedd Kevin yn gwybod fy mod i'n galw am swper yn aml pan o'n i wedi bod yn siopa a bod hynny bron yn rhyw fath o waddol o gyfnod pan o'n ni'n dwy yn ein harddegau gyda'n gilydd a finnau'r chwaer fach yn dychwelyd o rywle yn y dre gan amlaf neu weithiau Caerfyrddin neu Aberystwyth a dangos rhyw ddilledyn neu bâr o esgidiau i Ruth er mwyn cael cymeradwyaeth fy chwaer fawr ac wy'n edrych draw ble oedd y goeden afalau'n arfer bod er wy wedi siarsio fy hunan droeon i beidio gwneud y fath beth gan mai jest gofod gwag sydd 'na nawr a mwy o awyr sef awyr las loyw heddi fel mae'n digwydd un o hoff liwiau Kevin a oedd yn ei siwtio achos oedd e'r un lliw â'i lygaid pert treiddgar a finnau'n gwybod bod rhes o grysau glas ar hangyrs yn hongian ar reilen yn ei ystafell wely ac mae'r gair hongian yn gyrru rhyw gryndod annisgwyl trwof i achos wy'n ei weld yn fy nychymyg wedi ei grogi o 'mlaen i fan hyn mewn lle mor hamddenol â gardd ac wy'n gwybod yn y pen draw y bydd rhaid gwneud fy nychymyg carlamus yn ffrind mynwesol achos ar y funud mae'n arteithiwr wrth iddo geisio fy nghael i ail-fyw'r eiliad honno hynny yw yr union eiliad pan fu Kevin pan fu Kevin pan fu Kevin pan gollwyd Kevin ac wrth i fi ail-fyw'r eiliad yn fy nychymyg mae fy anadl yn mynd yn fyr bron fel pwl o'r fogfa ac wy'n teimlo cyfrifoldeb aruthrol cyfrifoldeb mamol ac wrth gwrs mae cyfrifoldeb yn ei hanfod yn ymwneud â phwyso a mesur bron fel pwyso a mesur fflŵr neu fenyn neu siwgr yn y broses o goginio teisen ond yn hytrach na llosgi teisen mae rhywun yn rhuddo enaid a dyna pam mae'n rhaid treial yn galed i osgoi teimlo'n euog achos mae gwahaniaeth rhwng cyfrifoldeb ac euogrwydd ac wy'n credu os fydda i'n parhau i deimlo'n euog mewn ychydig o fisoedd yna dim ond un diweddglo fydd i'r felodrama sy'n mynd ymlaen yn ffwrnais fy mhen a fydd e ddim yn ddiweddglo hapus er wy'n gwybod hefyd yn syth ar ôl dweud y fath beth nawr yr eiliad hon yn fy mhen fydden i byth yn gallu gwneud hynny i Martin a dario ti Kevin o't ti'n bownd o fod yn sicr yn bownd o fod wedi gofyn y cwestiwn 'na i ti dy hunan ar ryw lefel a fydda i'n gallu neud hyn i fy mam a 'nhad a gyrhaeddaist ti'r casgliad bod e werth e ac wy'n ymwybodol 'mod i'n ailadrodd fy hunan wrth dy gwestiynu di fel hyn ac wy'n neud hynny sef ailadrodd weithiau wy wedi sylwi fel oedd Mam yn arfer neud tua'r diwedd er taw yn fy mhen wy'n ail-ddweud pethau sydd ddim cynddrwg ac yn wir falle fod pawb yn neud hynny o bryd i'w gilydd odyn nhw sdim syniad gyda fi erbyn hyn sdim syniad gyda fi am unrhyw beth ond wy'n tynnu fy sylw oddi ar y gwagle glas a dychwelyd i dy ystafell yn fy mhen wy 'nôl wrth ymyl y rheilen a dy hen hetiau'n bentwr ar ben pellaf y rheilen yn y gornel a finnau'n meddwl falle na nid falle yn gwybod o'r gorau na fydda i'n symud unrhyw beth o'na byth a naw wfft i farn pobl eraill os y'n nhw'n meddwl bod rhywbeth od am droi ystafell eich mab yn rhyw fath o amgueddfa gan mai teyrnged i Kevin yw hi yn y pen draw ac er ei fod yn brifo pan wy'n gweld ei delesgop ar ei ddesg a'i gitâr yn pwyso ar y wal sy'n drwch o bosteri pêl-droed a ffilmiau arswyd fel *An American Werewolf in London* a *Teen Wolf* a'r ffilm oedd yn seiliedig ar stori gan un o'i hoff awduron Stephen King *Silver Bullet* a'i DVDS a'i feinyls a'i lyfrau yn bentwr hyfryd o flêr ar ei silffoedd metel a'i bosteri lliwgar o wahanol blanedau a'r Periodic Table a llun o Brian Cox yr Athro Ffiseg golygus roedd e'n arfer bod mewn band fel Rhodri a'i fand e mae'n debyg tra oedd e yn y coleg yn Llundain a Brian May o Queen

â doethuriaeth mewn Ffiseg hefyd a hyd yn oed
Jason yn y dre yn ddrymiwr i fand newydd Kevin a'i
ffrindiau Lledrith wy'n credu oedd e wedi neud
Ffiseg i lefel-A wedodd Kevin a sdim syniad gyda fi
beth yw'r atynfa hyn rhwng y byd pop a Ffiseg bydd
rhaid i fi ofyn hynna i Rhodri ddim yn Seilo ond ar y
fainc uwchben Cei Cariadon un noson yng ngolau'r
lloer fel oedd e'n arfer gwneud gyda Kevin ni hynny
yw os af i yna eto ac i fod yn onest wy ddim yn
gweld dim byd o'i le mewn cwrdd â Rhodri ar y fainc
uwchben y traeth ond ddim yn ei fwthyn Bryneithin
na sdim byd o'i le mewn cwrdd ar y fainc falle
rywbryd eto achos wy'n neud e am y rheswm iawn
sef treial dod i nabod Kevin yn well yn enwedig yn
ei fisoedd olaf ond ie mae edrych ar y posteri ar
waliau ystafell Kevin yn brofiad poenus gan wybod
y byddan nhw fel popeth arall yn dirywio ac yn
melynu gydag amser fel yr hen lun teuluol sy'n dal i
fod ar y piano yn y parlwr ym Maes-glas sef llun o
hen hen dad-cu Maes-glas ar glos y fferm yn edrych
yn ddrwgdybus ar y camera a'i gap pig a'i getyn a'i
farf at ei fogail gyda fy hen hen fam-gu yn eistedd
ar gadair wedi'i gwisgo mewn rhywbeth tebyg i wisg
y Pab a golwg sarrug *formidable* yn ei llygaid a thad-
cu Maesglas sef tad Dadi rhyngddyn nhw yn grwt

bach tua phump oed wedi ei wisgo mewn gwisg morwr ac yn edrych yn llawn direidi ac mae enwau llawn y rhain i gyd ynghyd â dyddiadau eu geni a dyddiadau eu marwolaeth wedi eu hysgrifennu'n gymen mewn inc coch ar dudalennau blaen Beibl Mawr Maes-glas ac wy'n gorfod tynnu anadl sydyn wrth sylweddoli bod dyddiad geni Kevin yno hefyd gyda'r teulu yn mynd 'nôl dros bum cenhedlaeth a bydd yn rhaid ychwanegu dyddiad marwolaeth Kevin yn yr inc coch traddodiadol ac er bydd hynny'n anodd wy'n gwybod bydd y ddefod fach honno yn rhoi rhyw fath o gysur i fi hefyd ac o gofio am ystafell Kevin wy'n gwybod un dydd fydda i'n falch o weld yr holl 'stwff' sydd yno ac yn coleddu a deisyfu eu presenoldeb ac wrth edrych o gwmpas gardd Sŵn-y-Don wy'n neidio yn fy mhen o ystafell wely Kevin i gofio beth wedodd Martin a'i fod e'n meddwl y gallwn i gael rhywun draw i awgrymu beth i'w roi yn y gofod lle bu'r goeden afalau rhywbeth hardd gyda rhyw fath o *water feature* falle gyda physgod o bosib lle oedd y goeden yn arfer bod ac mae jest meddwl am bysgod yn dod ag atgof o Kevin yn dod â physgodyn aur adre o'r Ffair yn y dre wedi ei ennill wrth daflu peli pren at ganiau pop gwag ac ennill dau goconyt ar y *lucky dip* hefyd ac fel'na bydd hi nawr mae'n siŵr nes i fi gwrdd ag e eto yn y Byd arall bydda i'n cael fy atgoffa ohono gan rywbeth bob dydd a bydd gweld rhywun â *top knot* neu rywun yn chwerthin rat-ta-tat neu jest sôn am bysgod yn dod ag e'n fyw i fi eto ond nid yn boenus o fyw chwaith na dim o gwbl ond yn hytrach yn hyfryd o fyw ie nid achwyn ydw i am hynny ond i'r gwrthwyneb diolch byth y gallwn ddathlu bod ein cof a'n synhwyrau yn medru ail-greu ein profiadau mwyaf dymunol o leiaf yn ein pennau os nad o flaen ein llygaid a phwy sydd i ddweud bod y profiadau hynny yn llai real neu'n llai dilys na chael Kevin o 'mlaen i fan hyn yn chwynnu'r llwybr sy'n arwain o'r patio i lawr at y wal gefn ac ie *water feature* pam lai yn lle'r goeden lle bu Kevin yn dringo ac yn chwarae'n braf yn grwt a chasglu'r *cookers* mewn whilber er mwyn i fi neud crymbl a chasglu mwyar duon bob Medi hefyd ar lôn yr afon i lawr i'r traeth nes bod ei fysedd i gyd yn biws er bod jest meddwl am y lliw piws nawr yn creu cwlwm cas yn fy stumog eto gyda phob mwyaren neu fetysen neu gabetsien goch (sy'n biws) yn neud i fi fod moyn chwydu oherwydd dyna liw'r ffelt pen ddewisodd Kevin i ysgrifennu ei air olaf ar y Ddaear sef lliw cleisiau a lliw poen a lliw gwefusau'r geirwon tost ond rhaid i ni beidio ofni'r gofod lle bu'r goeden chwaith ond yn hytrach ddylen i herio'r ofn a dyna oedd y wers i'w dysgu o'r hunllef wedodd Martin sef i edrych i fyw llygaid pethau ac i wynebu pethau *head-on* ac nid Martin i fod yn deg oedd am gael gwared â'r goeden yn y lle cyntaf ond fi achos o'n i'n dal i'w ddychmygu e'n hongian ych-a-fi am air ofnadwy ie hongian llun ond crogi person a Kevin wedi ei wedi ei ie wedi ei grogi fel y disgrifiodd Martin bron yn syth i fi ac yntau'n dal mewn sioc ac yn siarad ag atal am y tro cyntaf yn ei fywyd ar ôl helpu'r heddlu i dorri Kevin lawr ar ôl iddyn nhw dynnu ffotos niferus ych-a-fi ond oedd rhaid mae'n debyg tynnu ffotos o'r ardd a'i ystafell wely a Duw a ŵyr beth i gyd a hyd yn oed archwilio ein cyfrifiaduron a'n ffonau ni'n dau hefyd am unrhyw gliwiau allai arwain at ddarlun cliriach o'r hyn a arweiniodd Kevin i neud y fath beth a'r heddlu'n helpu i gadw rhai o'r gwesteion bant y noson honno hefyd a'u hanner nhw am fwcio mas yn syth a'r hanner arall am nid jest aros ond helpu mewn rhyw ffordd unrhyw ffordd er doedd dim byd allai unrhyw un neud erbyn hynny a bydd popeth yn help mawr i'r Cwest am wn i gan y bydd 'na Gwest ac yntau wedi cymryd ei fywyd ei hun a hefyd am ei fod e dan ddeunaw ac erbyn hyn wy wedi gweld yr ystadegau a hunanladdiad yw lladdwr mwyaf dynion dan dri deg o bell ffordd ac mae twf mawr wedi bod yn ddiweddar sy'n drueni aruthrol ac mae'n debyg bod darpar hunanladdwyr yn licio gweld lle fydd eu cyrff yn cael eu canfod hynny yw'r union fan a bod 'na rhyw le ar arfordir y de wy ddim yn cofio ble nawr sy'n fan poblogaidd i daflu eich hun oddi ar glogwyn a bod y Cyngor lleol wedi gosod ffôn yno i lawr ger y traeth gyda rhif y Samariaid arno i dreial cael pobl i ailystyried neu o leia i drafod gyda rhywun cyn cyflawni rhywbeth mor echrydus o fawr a therfynol ond yn ôl yr ystadegau mae e bron â bod yn epidemig erbyn hyn yn enwedig ymhlith dynion ifanc ac mae'n gymaint o drueni gyda phob un o'r dynion ifanc yn feibion i rywun ac i feddwl yn yr oesoedd a fu oedd pobl yn ymgynnull i wylio drwgweithredwyr yn cael eu crogi'n gyhoeddus ych-a-fi ac yn gwylio'u horganau yn cael eu torri o'u cyrff hefyd *hung drawn and quartered* oedd y term wy'n credu ac mae hynny'n taro rhywun heddi fel rhywbeth mor farbaraidd ac mor beryglus o annheg hefyd o feddwl am drueiniaid a gafodd gam fel Timothy Evans nid y tenor o Lambed ond y gŵr o Ferthyr a ddedfrydwyd i farwolaeth ar gam am lofruddio'i wraig sef un o lofruddiaethau John

Reginald Christie oedd yn sail i'r ffilm enwog *10 Rillington Place* gyda John Hurt yn chwarae rhan Evans wy'n credu ac mae geiriau un arall o ddynion Merthyr Dic Penderyn 'Arglwydd dyma gamwedd' yn atseinio yn fy nghlustiau rhaid cyfadde 'mod i'n cael fy nhemtio'n arw i roi geiriau olaf Dic ar garreg fedd Kevin ac wy'n gwybod y byddai Martin wrth ei fodd â hynny felly well i fi beidio awgrymu'r peth ac wrth i fi lenwi ac ail-lenwi'r can dŵr a gorddyfrio'r gwelyau blodau a'r hydrangeas a'r bocsys bach mintys a theim a'r llwyni lafant a'r rhosmari rhemp sy'n ymdebygu i ryw goedwig Amasonaidd wy'n meddwl pa mor grac fyddai Kevin i weld bod arlywydd Brasil y Bolsonaro 'na wedi gadael i rannau helaeth o ysgyfaint y Byd losgi er mwyn creu mwy o dir i'w ffermwyr barus a chymaint o goedwig yr Amason wedi ei llosgi a'i cholli ers i Bolsonaro ddod yn bennaeth ar y wlad ac wrth sôn am losgi yn fy mhen wy'n taflu cipolwg ar fy wats sy'n rhyfeddol ddigon yn dweud ei bod hi'n chwarter wedi tri ar ei ben felly wy'n codi o'r ford ar y patio ac yn rhuthro'n ôl i'r gegin sydd erbyn hyn wedi ei llenwi gydag arogl godidog o felys yr egin deisen sydd er gwaetha popeth yn cyffroi'r poer yn fy ngheg ac yna'r eiliad o hud a lledrith wrth i fi agor drws y ffwrn a gweld bod y cymysgedd melyn wedi ei drawsnewid yn ddau gylch ysgafn brown wy'n gweld yn fy nychymyg Kevin yn taro drws y ffwrn gan ddefnyddio llwy bren fel hudlath fel oedd e'n licio neud yna dweud Acradabarbara neu Adrabacabadrab (byth Abracadabra) cyn ei agor i ddatgelu'r trawsnewid ac yna'n moesymgrymu'n rhwysgfawr fel 'se fe'n perfformio i gamera anweledig er bod meddwl am y ddelwedd hapus hon yn fy ngofidio'n arw hefyd gan nad oedd e'n berfformiwr wrth reddf o gwbl ac yn sicr ddim yn *show-off* ond yn eitha swil os rhywbeth yn enwedig gyda phobl nad oedd e'n nabod yn gwmws fel Dadi yn troi ei ben i'r ochr mewn ffordd hunanymwybodol sy'n gwneud yr hyn wnaeth e'n fwy bisâr mewn ffordd sef y fideo a'r weithred ei hun neu a oedd e'n treial cyfleu rhyw neges i ni wrth ddewis lleoliad mor llwythog symbolaidd â choeden mewn gardd ac yntau oherwydd fy nylanwad i'n bennaf mor hyddysg yn storïau'r Llyfr Mawr ac a oedd e'n gweld ei hun fel Adda sef y *First Man* arall heblaw Neil Armstrong neu Sacheus y casglwr trethi bychan o ran maint a ddringodd goeden sycamorwydden os gofia i'n iawn er mwyn gweld yr Iesu ond oedd yn ffigwr a ga'th ei ddirmygu ac ai dyna fel oedd Kevin yn gweld ei hun sef ffigwr i'w wawdio a'i ddirmygu mor gyhoeddus ar-lein ar draws y byd neu a oedd e'n teimlo'n fradwr hefyd yn gadael fi a Martin lawr yn rhyw fath o Jiwdas yng ngardd Gethsemane pwy a ŵyr fyddwn ni byth yn gwybod nawr ond yn sicr Gethsemane yw'r ardd bellach i Martin ond mae dal yn ryw fath o Eden i fi o hyd ie yn Eden yn ei holl ddiniweidrwydd newydd creulon a falle taw fi sy'n chwilio am gliwiau lle nad oes dim ac am ystyr mewn byd sydd fwyfwy diystyr neu falle fod y cwbl jest yn dangos pa mor gyfrwys oedd 'Hannah' neu Juan neu Fernando neu beth bynnag oedd enw iawn y cythraul twyllodrus o'r Philippines ac wrth i fi droi dau hanner y deisen mas yn ddeheuig ar y rac wifren i oeri a throi un ohonyn nhw ben i waered a sicrhau bod y jam mefus priodol gyda fi a dim ond jam dim hufen jest fel oedd Kevin yn ei hoffi a lot iachach hefyd o ran hynny wy'n meddwl am Martin a'r ffaith ddiamheuol ei fod e'n gallu bod yn gall pan ma' fe'n treial hefyd ddim fel bore 'ma na neithiwr achos pan ddes i 'nôl adre y noswaith arswydus honno o Gaerfyrddin oedd Martin hirben hyd yn oed pan oedd e dal mewn sioc ei hunan ddigon call i gwato fi oddi wrth y corff a oedd erbyn hynny wedi cael ei orchuddio â hen flanced yn yr ambiwlans fel wedais i a Martin yn parablu er gwaetha'i atal fel dyn dwl rhwystredig am beth oedd wedi digwydd ac yn mynnu nad o'n i'n edrych ar Kevin ac yn fy rhwystro i'n gorfforol nes bod cleisiau gyda fi ar fy mreichiau ac wy'n ailadrodd nawr wy'n gwybod fel oedd Mam druan arfer neud ond alla i ddim help achos wy'n ail-weld yr holl beth yn fy mhen dro ar ôl tro fel 'sen i'n chwarae rhyw fideo taer o benderfynol ar lŵp yn fy mhen neu'n gwrando ar record wedi sticio ac ie oedd Martin yn fy rhwystro pan ddes i 'nôl o drip siopa i Gaerfyrddin gyda llwyth o fagiau'n llawn bargeinion gan gynnwys crys glas o Marks & Spencer i Kevin ac wedi stopi ar y ffordd adre fel o'n i wedi trefnu i'w dangos i Ruth dros swper bach gyda hi ac Arwyn ym Maes-glas gyda Kevin yn gwybod o'r gorau na fydden i adre a taw ei dad fyddai'n canfod ei gorff ar ôl iddo ddychwelyd o'i shifft hwyr yn y gwaith am wyth a'i ffeindio fe'n llwyd bwystfilaidd a'i lygaid fel marblis yn ei ben yn ei grys pêl-droed Lerpwl glân yr un Standard Chartered diweddaraf yn hongian yn hyll o'r gangen fawr â'r rhaff goch a brynodd fisoedd yn ôl i greu argraff ar Megan Bradley ond stori arall yw honno ie'r rhaff goch sef coch am Lerpwl a Chymru ac am waed ac aberth ie'r rhaff goch wedi ffasno'n sownd o gwmpas ei ei ei alla i ddim dweud e hyd yn oed er 'mod i'n ei weld e'n glir fel grisial er na welais i fe na welais i fe naddo ac wy'n ffaelu hyd yn oed dweud y gair nawr ddim nawr pan ddylai Kevin fod yn dathlu gyda'i ffrindiau ac roedd ganddo gymaint o ffrindiau a ddaeth â chymaint o flodau i'w gosod ar wal ffrynt y tŷ ac wedyn yn y fynwent ar ben hynny a dros ddau gant o gardiau rhai oddi wrth ddieithriaid llwyr ond sawl un wedi rhoi nodyn personol gan gynnwys Rhodri a'i nodyn a'i rosys wrth ymyl y fainc a chymaint o ffrindiau cannoedd o bobl nad o'n i'n gwybod am eu bodolaeth sef ei ffrindiau ar-lein er wy ddim yn gwybod faint o ffrindiau yng ngwir ystyr y gair yw'r ffrindiau ar-lein hyn chwaith ond wrth gwrs mae'n gas gen i unrhyw beth ar-lein erbyn hyn er bod Facebook wedi bod yn achubiaeth i Sŵn-y-Don ar un adeg hefyd os wy'n onest ac oedd gan Kevin dros fil o ddilynwyr ar Instagram hefyd sy'n swm sylweddol am wn i ac wy'n ffeindio'r gair 'dilynwyr' yn fwy dwl na ffrindiau hyd yn oed ac wrth fynd mas i eistedd wrth y ford ar y patio unwaith eto wy'n llawenhau rhyw fymryn wrth gofio oedd digon o ffrindiau da real agos o gig a gwaed gyda Kevin hefyd fel Dafydd a Jake a Gareth ac o'n nhw'n dweud bod e a Megan dal yn agos tan y diwedd ond o'n i'n meddwl falle 'se fe'n teimlo gormod o gywilydd gyda hi falle ond wrth gwrs fi sy'n meddwl hynny ei fod e'n teimlo rhyw anffyddlondeb mewn rhyw ffordd o fihafio fel y gwnaeth e gyda'r 'Hannah' hyn ar-lein ond o Dduw liciwn i 'se fy mhen i jest yn gwrthod rhuo fel llosgfynydd ar fin ffrwydro ond wy'n ffaelu stopi gweld ei wên hyfryd fel haul y bore yn union fel ei dad yn gymaint o syndod jest cynhesrwydd y peth a sioc y tanbeidrwydd ac wedyn meddwl am ba hyd y byddai wedi pendroni am y nodyn un gair a ffasnodd i'w frest yn daclus â dau bìn cau ar ddarn sgwâr o bapur gwyn glân fel 'se fe'n mynd i redeg 10K gyda'i dad mor gymen ei ysgrifen wedi ysgrifennu mor deidi y gair syml dim ond pedair llythyren sef y *four-letter word* sydd wedi ei wahardd o aelwyd ein tŷ ni am byth a gair Saesneg yn y bôn ond ei sillafu'n Gymraeg sef y gair am 'mae'n ddrwg gen i' neu 'wy'n flin' faint oedd hi wedi'i gymryd iddo fe feddwl am 'i ysgrifennu fe sgwn i o ysgrifennu unrhyw beth fel 'se unrhyw nodyn neu unrhyw air yn mynd i neud unrhyw les ond roedd e moyn dweud mor flin oedd e mae'n debyg ac mor ddrwg oedd e ac mi oedd e'n ddrwg hefyd falle yn llai diniwed nag o'n i'n tybio a dyna farn ei dad yn saff ar ôl i ni glywed bod nhw wedi archwilio ei liniadur ar gyfer casgliadau'r Cwest a chanfod bod ganddo fwy na jest chwilfrydedd iach mewn BDSM a bod rhyw obsesiwn ganddo am glymu ac mae hynny'n neud i fi feddwl amdano'n clymu'r cwlwm olaf yn ei raff goch (o B&Q yn y dre yn ôl y dderbynneb yn nrâr ei ddesg) ac weithiau wy'n twyllo'n hunan i feddwl taw damwain oedd y cwbl fel rhyw arbrawf rhywiol wedi mynd go chwith yn gymysgedd o bleser a phoen a'r rheiny'n cael eu taro'n ffyrnig yn erbyn ei gilydd yng nghrochan arbrofol ei ben ac wy'n gwybod erbyn hyn ei fod e wedi prynu crys-T Yes Cymru y bore hwnnw yr union fore hwnnw ac yntau i fod yn yr ysgol y gwalch drygionus ac wedi mynd at Jason yn y dre sef cadeirydd cangen leol Yes Cymru a drymiwr ei fand Lledrith wedi mynd i siop ddillad pop-yp Jason sydd ond tua ugain oed ei hunan a thalu am y crys-T ac yn ôl Jason oedd e mewn hwyliau da iawn ac a oedd e wedi ystyried gwisgo'r crys-T newydd yn lle ei grys Lerpwl a newid ei feddwl ar y funud olaf achos pam prynu crys-T ar yr union ddiwrnod chi'n mynd i chi'n mynd i mynd i oni bai neu falle mai rhywbeth munud ola oedd y penderfyniad i neud y fath beth ofnadwy o gwbl rhyw chwiw fympwyol achos fel wedodd Jason oedd e i'w weld mewn hwyliau da iawn a jest wrth i fi feddwl am y geiriau 'hwyliau da iawn' wy'n dechrau meddwl taw hunllef ofnadwy yw'r cwbl ond wedyn wy'n cofio am y gair mewn inc ffelt pen piws a oedd i'w weld yn ôl Martin yn groes i'w frest fel dedfryd angheuol y nodyn sydd ym meddiant yr heddlu nawr ond fynnes i gael llun ohono er mwyn ei weld e ac wy wedi printio copi hefyd a'i roi yn y drâr dan y teledu yn yr ystafell frecwast ystafell yr ymwelwyr ac wy'n deall fy mod i'n twyllo'n hunan wrth gadw'r fath beth ond jest diwrnod bach o siopa ar ddydd Mawrth oedd e i fod ar Orffennaf yr unfed ar bymtheg un deg chwech un deg chwech sef dyddiad sydd wedi ei serio ar fy nghof am byth a Kevin yn gwybod hefyd bod Sŵn-y-Don yn mynd i fod yn wag gan fod un set o ymwelwyr wedi trefnu i gael bwyd gyda'r nos yn Nhresaith ac un arall wedi bwcio mewn lle bwyta yn y dre a'r lleill yn griw o ffrindiau benywaidd oedd wedi cymryd ystafelloedd tri a phedwar ac wedi codi'n fore a mentro dala bws mor bell â Sir Benfro gan anelu i gerdded 'nôl mor bell ag y gallen nhw ar hyd Llwybr yr Arfordir a chael swper ar y ffordd yn rhywle cyn cael tacsi 'nôl ac a oedd hyn i gyd wedi mynd trwy'i ben bach e fel y galle fe fanteisio ar y cyfle pan fyddai'r ardd yn dawel yn dawel fel mae hi nawr yn dawel fel y bedd neu mwy na thebyg wnaeth e ddim ystyried hyn o gwbl gan ffaelu meddwl yn strêt a'i ben e ar dân ac ofn yn tanio'i benderfynoldeb a ffocysu unplygrwydd ei ffawd anochel ond roedd modd gochel roedd modd tynnu'n ôl roedd modd achub dy hun a doedd hi byth yn rhy hwyr nes ei bod hi'n rhy hwyr a beth wy ddim yn ei ddeall ymhlith cannoedd o bethau wy ddim yn eu deall yw'r amseriad er mae'n rhaid taw'r pwysau aruthrol oddi wrth 'Hannah' a'i fygythiad erchyll e oedd e achos 'e' yw e bron yn sicr nid 'hi' a'i fygythiad brawychus e'n llenwi pen bach Kevin ac yntau wy'n gwybod o'r gorau wedi edrych ymlaen at ddathlu hanner canmlwyddiant glaniad dyn ar y lleuad y Sul canlynol pan ddywedodd Neil Armstrong ei eiriau enwog a dim ond un cam bach fyddai hi wedi bod Kevin bach 'set ti wedi dweud rhywbeth wrthon ni ond cam enfawr i ti un rhy fawr yn y diwedd ac o't ti'n edrych ymlaen at gymaint o bethau eraill hefyd wy'n gwybod dy fod ti ac wedi bwriadu mynd am dridiau i wrando ar fandiau yn yr Eisteddfod yn Llanrwst ac yn ôl Jake yn gobeithio y byddai Megan yn mynd hefyd er ei bod hi wedi dod â phethau i ben gyda chi'ch dau ac mae jest meddwl am Megan yn gwneud i fi udo 'Bark at the Moon' yn fy mhen fel

o't ti'n neud iddi hi mae'n debyg yn swnllyd esgus
bod yn *werewolf* a gwneud iddi chwerthin a tithau'n
dipyn o dderyn gyda dy styntiau tynnu coes ai dyna
o't ti'n neud wrth ddod â rhaff i ystafell wely gwesty
yn Aberystwyth a rhoi'r fath ofn i Megan nes ei bod
hi wedi dod â'ch perthynas fyrhoedlog i ben ife jôc
oedd e i fod falle neu a o't ti wedi drysu dy ben â
gwefannau rhyw am rym a phoen a phleser chefais i
ddim ateb pendant y naill ffordd neu'r llall gan
Megan ac mae Rhodri'n meddwl taw rhyw arbrawf
gwyddonol o bopeth oedd 'da ti mewn golwg rhyw
arbrawf aeth o'i le wedi bac-ffeirio arnot ti ife 'na
beth oedd e wy'n ffeindio hynny'n anodd ei gredu
ac wedi i fi fegian ar Megan i gael gwybod pam
oedd cymaint o gonsyrn gyda hi fod yr heddlu wedi
mynd â ffôn symudol Kevin dyma hi'n dweud am yr
holl *sexting* a fu rhyngddyn nhw a ffotos o'u cyrff
hefyd ac er nad ydw i'n meddwl 'mod i'n gul na dim
o bell ffordd falle fod rhyw chwiwiau rhywiol digon
anghyffredin gen i fy hunan wy'n ffaelu'n lân â chael
fy mhen rownd yr arfer hyn sy'n arfer hollol gyffredin
mae'n debyg ymhlith y to ifanc o dynnu lluniau o'u
cyrff a'u hanfon nhw at gariadon neu jest i'w
ffrindiau ond o'n i'n edmygu Megan am fod mor
onest gyda fi ac yn edmygu hefyd nad oedd ganddi

unrhyw gywilydd ac yn sôn yn agored bod hi'n mwynhau gwylio pornograffi a beth oedd o'i le ar hynny cyn belled â bod y menywod a'r dynion yn hapus i neud y fath bethau a ddim yn cael eu hecsploetio a bod dim byd o'i le chwaith gyda diddordeb Kevin mewn BDSM o ran hynny jest nad oedd hi wel a dyma hi'n gwrido am y tro cyntaf y greadures jest nad oedd hi'n trystio Kevin gyda rhaff a chi'n clywed am ddamweiniau yn yr ystafell wely ac er fy mod i'n teimlo'r brad i Kevin unwaith yn rhagor wy'n meddwl unwaith eto fyddai hi wedi bod yn braf cael merch wel merch fel Megan ta beth oedd yn fodlon edrych i fyw eich llygaid yn heriol wrth drafod pethau mor bersonol ac wy'n siŵr fyddai e wedi licio cael chwaer er bod cael merch yn ei harddegau y dyddiau hyn yn anodd ar y naw wy'n siŵr gyda'r holl fwlian ar-lein yn ogystal â'r tensiynau arferol ynghylch gwarchod merch ifanc fyddai hi'n dipyn o ben tost a fyddai Martin ddim yn gadael iddi fynd mas o'r tŷ ynta a dyw'r heddlu er eu bod yn glên iawn ar y cyfan ddim am ddatgelu gormod i ni am holl gynnwys gliniadur Kevin na'i ffôn chwaith tan y Cwest ac er i Megan fod yn onest iawn gyda fi ware teg wrth i'r ddwy ohonon ni dreial siarad yn blaen o'r diwedd am Kevin o'n i fawr callach mewn gwirionedd ond falle taw fi sy'n ddidoreth ond beth wy ddim yn ddeall chwaith ddim yn gallu amgyffred yw fy mod i'n gwybod hefyd o't ti'n edrych ymlaen Kevin bach edrych ymlaen at gymaint o bethau gwahanol gan gynnwys clywed albym newydd dy arwr Gruff Rhys diwedd yr Haf a *Pang* wy'n credu wedais di fyddai ei enw e ac o't ti'n dweud byddai'r albwm newydd yn *wicked* ie wy'n cofio'r sgwrs 'da ti nawr mas o amgylch y ford ar y patio yn union ble wy'n eistedd nawr a tithau ar y gadair yna mor agos i fi allwn i dy gusanu a falle dylen i fod wedi dy gusanu neu ddweud fy mod i'n dy garu lot mwy nag y gwnes i a finnau'n dweud cymaint oedd Martin a finnau wedi mwynhau *Mwng* pan ddaeth hwnnw mas a chymaint o'n ni'n gallu ymfalchïo yn ei lwyddiant yn y siartiau iaith Saesneg er bod e'n albwm uniaith Gymraeg a finnau'n tynnu dy fwng dithau'n chwareus Kevin bach gan sôn bod angen torri dy wallt er bod ti'n cadw fe'n gymen iawn ware teg gyda dy *top knot* fel Gareth Bale a dy dad yn tynnu dy goes yn eistedd jest fan'na gyferbyn â fi yn dweud bod ti'n edrych fel merch a tithau'n chwerthin nerth dy ben yn dy rat-ta-tat hyfryd mor llawn bywyd ie dyna oedd dy chwerthiniad yn ddathliad o fywyd yn ei holl ogoniant ac yn codi gwên ar wynebau dieithriaid mewn tai bwyta neu gaffis neu dafarnau cymaint oedd ei effaith hudolus gadarnhaol a'r ddau ohonoch chi wedi gallu mwynhau gig y Super Furries yng nghystadleuaeth pêl-droed Ewro dwy fil ag un deg chwech mewn parc yn Toulouse ar y nos Sadwrn cyn y gêm fythgofiadwy yn erbyn Rwsia ar y nos Lun a Martin wedi mynd â baner gydag e â'r geiriau 'Pêl-Droed - Pwysicach Nag Addysg' arno fe a'r ddau ohonoch chi'n cael llun ar bafin yn y ddinas honno gydag Ian Rush yn ei siwt smart a finnau'n cofio nawr cân Gruff o'r cyfnod 'I Love EU' mor bell yn ôl rywsut o'n cyfnod gwallgo ni nawr gyda'r clown diweddaraf o'r Eton Mess newydd gwrdd ag arweinwyr yr Almaen a Ffrainc ac yn cael rhybudd i ddod â chynllun pendant am Brexit iddyn nhw o fewn y tri deg diwrnod nesaf ac er bod Martin yn un o'r ychydig rai a welodd yn gynnar y gallai'r bleidlais 'Na' arwain at dwf mawr yn y mudiad annibyniaeth yng Nghymru er gwaetha'r ffaith fod trigolion ein hen wlad rwystredig ni allaf ddianc rhag hon wedi pleidleisio i droi cefn ar Ewrop oedd e'n meddwl falle byddai'r holl ysgwyd ar seiliau'r goeden Brydeinig yn dangos pa mor bwdr oedd y ffrwyth arni ac wedyn byddai pobl maes o law yn troi eu cefnau nid ar Ewrop ond ar Lundain ond wrth gwrs nid Llundain nag Ewrop sydd ar fy meddwl i yn feunyddiol ond gwlad sy'n cynnwys dros saith mil a hanner o ynysoedd yn ne-ddwyrain Asia a gwlad nad o'n i erioed wedi meddwl amdani o'r blaen ac yn wir wy'n meddwl mai'r unig dro i fi glywed Kevin yn sôn am y Philippines oedd pan soniodd fod gôl-geidwad Caerdydd pan o'n nhw yn y Premier League yn dod o'r wlad honno a taw ef oedd y brodor cyntaf o'r Philippines i chwarae yn y Premier League a finnau'n nodio'n ddeallus ar y pryd gan esgus bod gen i ddiddordeb yn y ffaith ddibwys hon er bod gyda fi ddiddordeb brwd yn y wlad erbyn hyn wrth gwrs gan ei fod yn ôl yr heddlu yn arwain y byd o ran sgamiau *sextortion* ac mae gan Martin bwynt hefyd pan mae'n dweud bod pob plentyn yn ei arddegau yn cadw cyfrinachau oddi wrth eu rhieni cyfrinachau mawr hefyd (ac weithiau rhieni'n cadw cyfrinachau oddi wrth ei gilydd cyfrinachau mawr hefyd) neu falle mai dyna ffordd Martin o ymdopi neu o dreial ymdopi â'r gwagle anferth yn ei fywyd nawr ac yn ein bywydau ni'n dau a'i fod e'n meddwl ein bod ni ei rieni hefyd ar fai mewn rhyw ffordd os nad oedd e'n gallu siarad gyda ni neu ei fod e mor naïf nes ein bod ni wedi ei gysgodi o holl beryglon y byd a'i fod e'n hawdd i'w dwyllo o'r herwydd ond wy'n gwybod taw rwtsh yw meddwl fel hyn gan nad oedd gan Martin na finnau unrhyw glem am y math o bethau oedd yn mynd ymlaen ar-lein a falle ddylwn i fod wedi siarad â'r newyddiadurwraig bore 'ma er mwyn dweud pa mor ddi-glem o'n ni achos falle fyddai hynny'n helpu rhieni eraill i fod yn fwy gwyliadwrus a chymryd mwy o ddiddordeb yn yr hyn mae eu plant yn neud o flaen eu sgriniau melltith bondigrybwyll ac mae fel 'se'r holl beth wedi mynd mas o reolaeth gyda chwmnïau mawrion fel Facebook a Google mae'n debyg yn cael eu defnyddio i dargedu darpar bleidleiswyr mewn etholiadau a dim ond y dechrau yw hynny yn ôl Martin sydd wedi bod yn becso am y to ifanc ers blynyddoedd os wy'n onest nid jest neithiwr gan fod gyda nhw lai o gyfleoedd nag a gawson ni a'u bod nhw ar y cyfan yn llawer mwy cydwybodol a chyfrifol ac yn poeni'n wirioneddol am bethau fel plastig yn y môr a chynhesu byd-eang heb sôn am ddau o bryderon bach Martin yn enwedig ar ôl peint neu ddau sef Artificial Intelligence a diffyg effeithiolrwydd cyffuriau gwrthfiotig yn y dyfodol fel y dywedodd neithiwr ac ar ôl cnoi cil am y fath bethau dwys wy'n meddwl y byddai hi'n syniad da cael paned o de ac wy'n mynd 'nôl mewn i'r gegin a rhoi dŵr yn y tegil a'i roi ymlaen ac estyn am y mwg 'Mam Orau yn y Byd' brynodd Kevin i fi ar fy mhen blwydd cwpwl o flynyddoedd 'nôl a rhoi bag te Earl Grey ynddo fe ac wrth wrando ar rwndi'r tegil wy'n cofio am y sgwrs gawson ni fel teulu un tro o gwmpas y ford lan lofft fel 'se hi'n ddoe am y Prif Weinidog penodol hwnnw sef yr ail Earl Grey gan drafod a oedd e bellach yn fwy enwog am y te a enwyd ar ei ôl nac am sawl polisi goleuedig a basiwyd dan ei arweinyddiaeth yn y bedwaredd ganrif ar bymtheg gan gynnwys cael gwared nid yn unig ar nifer o'r bwrdeistrefi pwdr enwog drwy ei Ddeddf Cynrychiolaeth y Bobl ond hefyd cael gwared â chaethwasiaeth i raddau er wnaeth Martin ddadlau fod caethwasiaeth dal yn fyw ac yn iach dan gyfundrefnau cyfalafol yn enwedig ecsploetio plant yn y Trydydd Byd i weithio oriau hir am y nesa peth i ddim er mwyn cynnal oferedd ffordd o fyw drachwantus wastraffus y gorllewin a Kevin yn herio'i dad i ddechrau gweithredu'r hyn yr oedd e'n bregethu a byddai rhoi cig lan yn llwyr yn gychwyn da a Martin jest yn gwenu ar ei fab wrth dorri mewn i'w stecen er iddo gydnabod bod gan Kevin bwynt hefyd gan ychwanegu gyda gwên smala i 'nghyfeiriad i y dylai e adael y pregethu i'r bobl mewn pulpudau ac yna Kevin yn achub y blaen ac yn fy amddiffyn i gan ddatgan yn ddiflewyn-ar-dafod taw sosialydd oedd Iesu Grist a finnau'n teimlo fy hun yn gwrido nid o embaras ond oherwydd balchder dwfn yn fy mab am ddweud y fath beth ac mae meddwl am ei feddwl chwim yn neud i fi ystyried syniad Martin y dylen ni sefydlu elusen yn enw Kevin i herio'r ofn a pheidio gadael i 'Hannah' ennill fel bod rhyw les o leia'n dod mas o'i o'i o'i dere lo's ti'n gwybod taw marwolaeth yw'r gair ond dyw e ddim yn addas ddim o gwbl ddim i fi ta beth achos wy'n dal i deimlo'i bresenoldeb ym mhobman bron ac er fy mod i'n deall yn iawn realiti corfforol yr hyn sydd wedi digwydd wy'n teimlo dylid arddel y gair 'diflaniad' sy'n teimlo'n lot fwy perthnasol i fi ac ie mae Martin wedi dechrau sôn am elusen ond mae rhyw lais bach tu mewn i fi'n gofyn onid yw hynna'n desbret braidd i dreial dala ymlaen yn rywbeth sydd eisoes wedi mynd am byth er taw dyna'n gwmws beth y'f i'n neud gyda'r bag Tesco yn ei ystafell hefyd i raddau a beth fyddai Kevin yn ei feddwl am hynny ein bod ni'n ymestyn ei embaras trwy ddefnyddio'i enw ar gyfer elusen newydd ond mae Martin yn iawn hefyd na ddylen ni jest sgubo pethau dan y carped a ddylen ni fod yn fwy uchel ein cloch a rhoi mwy o bwysau ar yr heddlu a falle cael gair 'da Trefor ein cyswllt â'r heddlu lleol sydd wedi bod yn ddeche iawn gyda ni ware teg ond mae'n debyg bod cymaint o heddluoedd mewn cymaint o wledydd gwahanol yn gweithio ar y cyrch drwy ymdrech ryngwladol o'r enw Operation Douglas gyda Kevin ddim ond yn gymal bach mewn cadwyn enfawr ac mae'n anodd iawn erlyn neu hyd yn oed wybod i sicrwydd pwy sy'n gyfrifol am ba drosedd sy'n ofnadwy o rwystredig i'r heddlu yn ôl Trefor ac i ni ac i'r fenyw hynaws o'r Asiantaeth Troseddau Difrifol a Threfnedig wnaeth dorri lawr i lefain pan welodd hi'r llun yn y pasej yr un cymharol ddiweddar o Kevin yn ei wisg ysgol yn ddireidi i gyd â'i wallt golau cyrliog a'i lygaid glas treiddgar mor llawn bywyd ie nes iddo beri iddi feichio llefain druan sy'n rhywbeth nad ydw i wedi gallu neud eto ddim go iawn fel wy'n dweud wrtha i fy hunan bob dydd ti heb lefain Mari ddim yn iawn beth sy arnat ti lo's ac mae'r euogrwydd yn cnoi am hynny hefyd achos wy'n gwybod bod angen i fi neud ond falle y daw hynny o gyfeiriad annisgwyl mewn rhyw atgof am Kevin fydd yn agor y llifddorau sy'n pwyso'n drwm ar fy llygaid ac wy'n cofio nawr y teimlad braf yn Seilo a phersawr cryf ai arogl pinwydd oedd e o'r blodau arbennig oedd Nansi Rhiwdywyll wedi'u gosod yn y capel i ddathlu'r achlysur wy ddim yn siŵr beth yn gwmws oedd yr arogl ond ta p'un i oedd e'n fendigedig cael tri blaenor newydd yno i gyd dan ddeugain yn cynnwys Rhodri a Doctor Carol oedd hefyd fel Rhodri yn ddieithr i'r pentre adeg hynny ac yn berson dod ond yn bwysicach fel Rhodri eto yn wyddonydd o Gristion wrth gwrs oedd wastad yn help pan oedd Martin yn codi'i aeliau a dadlau yng ngŵydd Kevin yn enwedig pan oedd e'n hŷn nad oedd wir dystiolaeth bod gwyrthiau 'y dyn o'r enw Iesu Grist' wedi digwydd o gwbl a ta beth pa fath o Dduw creulon oedd yn fodlon boddi bron popeth oedd e wedi'i greu heblaw Mr a Mrs Eliffant a Mr a Mrs Pengwin a Mr a Mrs Jiráff a phob un o'r cyplau bach eraill cyfleus fwciodd docyn i fynd ar Arch Noa a finnau'n cnoi fy nhafod ddim moyn cwympo mas o flaen Kevin achos o'n i'n gwybod yn gwmws taw dyna beth oedd Martin yn treial neud fy weindio i lan fel rhyw chwyrligwgan i gael bach o hwyl ac ie gwynt pinwydd oedd e ac wy'n cofio ble nawr yn ogystal â'r capel yr arogleuais y fath bersawr cryf fel hylif TCP sef yn y cae llawn clychau'r gog ar y ffordd mas o'r pentre lan y Wenallt pan greodd Kevin yn llawn amynedd benwisg gymhleth o'r blodau bach i fi a mynnu fy mod i'n ei gwisgo am weddill y dydd a fy ngalw i'n Blodeuwedd achos o't ti newydd gael y stori ar lafar gyda Miss Jones mewn ffurf syml i blant ond yn bendant yr un noswaith oedd hi â derbyn y tri blaenor newydd achos wy'n gallu arogli nawr bron y gwynt pinwydd oedd yn y cae yn union yr un arogl ag a oedd yn dod o'r Sêt Fawr ond er i fi fwynhau ein sesiynau hwyr nos Sul ni o amgylch y ford wy'n cofio nawr wrth glywed clic y tegil yn berwi a mynd draw ac arllwys y dŵr berwedig mewn i'r mỳg ges i'n anrheg ie wy'n cofio nawr am yr adeg wnes i wylltio gyda Martin pan ddechreuodd e refru am un o'i hoff bynciau diweddar sef yr hyn sy'n digwydd yn Nyffryn Silicon yng Nghaliffornia gyda biliynau o bunnau'n cael eu gwario ar ymchwil i greu anfeidroldeb wel o leia anfeidroldeb o fath er nid fel y'n ni'n gyfarwydd â'r term chwaith ond rhyw hil newydd sbon o nid robotiaid yn gwmws ond cyfuniad o'r dynol a'r mecanyddol a dyma fe'n dechrau ar un o'i hoff ddamcaniaethau sef taw yn y bôn dim ond cemegolion ac ysgogiadau trydanol y'n ni a fydd dim angen Duw yn y dyfodol achos bydd y bobl glyfar hyn yn dduwiau bach eu hunain a dyna wnaeth i fi ddweud wrtho am gau ei geg a pheidio bod mor smala am yr Arglwydd a wnes i hynny o flaen Kevin hefyd a ware teg i Kevin fe ochrodd e gyda fi'r noson honno fel rhyw fath o fownsar diwinyddol gan ddweud wrth Martin os taw cemegolion ac ysgogiadau trydanol oedden ni i gyd a dim byd arall yna beth am ewyllys rydd a finnau mor browd o Kevin yn datgan ei ddadl mor groyw yn wyneb ei dad a Martin yn dechrau baglu dros ei eiriau wy ddim yn siŵr ai oherwydd y cwrw neu achos o't ti fy angel anghyffredin wedi'i ddala fe a thynnu blewyn mawr o'i drwyn trwy ddweud taw yn ei hanfod rhyw ongl asgell dde oedd gan Martin wrth ildio ewyllys rydd oherwydd o ildio'r elfen hollbwysig honno roedd e'n ildio gobaith ac o ildio gobaith roedd e hefyd yn ildio unrhyw obaith o newid sef carreg sylfaen unrhyw Farcsydd gwerth ei halen ac yn derbyn rhyw nihiliaeth ddiflas fyddai'n dda i ddim i neb a hyn i gyd o enau crwt un deg chwech oed dy enau di ein crwt unigryw ni Kevin bach a finnau mor browd ohonot ti a dy dad yn browd hefyd er nad oedd e'n mynd i gyfadde hynny'r noson honno chwaith ac yntau wedi cael y fath goten feddyliol 'da ti ac os wy'n onest er bod hi'n bleserus cofio'r fath nosweithiau mae'n ymdrech flinedig hefyd a rhaid derbyn bod fy egni'n dechrau pylu erbyn hyn a rhaid ystyried o ddifri nad o'n i'n nabod ti Kevin cystal efallai ag o'n i'n meddwl fy mod i ac wrth gwrs mae rhai pobl wedi galw i'n gweld ni i gydymdeimlo ac mae hynny a bod yn onest eto yn gallu bod yn felltith yn ogystal â bendith yn dibynnu pwy y'n nhw ac i fod yn deg sut hwyl sydd arna i ar y pryd hefyd ond weithiau ar rai adegau prin wy wedi gofyn i bobl alw hefyd a dyna wnes i gyda Gareth i ffeindio mwy mas am Kevin achos oedd Gareth wedi neud carden arbennig o gydymdeimlad gyda sgets o fand roc ar y blaen mewn pen ac inc du nid jest unrhyw fand ond Lledrith wrth gwrs gyda thebygrwydd eitha da o'r pedwar yn enwedig Jason a Jake ac oedd e wedi arwyddo'r garden 'Yma am byth gyda ni *The Special K* oddi wrth Alei Wi' a finnau moyn gwybod mwy am yr enw hynod hwn a Gareth yn egluro taw dyna oedd Kevin yn ei alw weithiau sef Alei ar ôl rhyw gymeriad yn *The Bad Doctor* o'r enw Aleistair Crowley oedd yn rhyw fath o fardd a dewin ac wedi bodoli go iawn yn hanner cyntaf yr ugeinfed ganrif ac roedd y 'Wi' yn dalfyriad o 'Wicked' sef un o hoff eiriau Kevin ond yn jôc fach rhyngddyn nhw ac wedyn dyma Gareth yn gwrido rhyw fymryn cyn dweud bod e moyn bod yn onest gyda fi a wedodd e oedd e'n cael ei alw'n *wicked* oherwydd fe oedd yn cyflenwi'r band gyda'u mwg drwg a madarch hud weithiau ac o'n nhw bron galw'r band yn Madarch Hud mae'n debyg ac wy'n gobeithio na wnes i edrych arno'n rhy syn ond mae'n rhaid fy mod i hefyd achos eglurodd Gareth ware teg iddo fe bod nhw'n weithiau'n smocio dôp gyda'i gilydd yn un o siediau Pencefn ar ôl ymarfer yno a bod dim eisiau i fi fecso gan fod pawb yn neud e sef jest arbrofi gyda phethe yn eu harddegau ac o'n i'n ffaelu anghytuno gyda fe wrth i fi feddwl am fy arddegau fy hun yn smocio yn y sied wair o bobman ym Maes-glas gyda Lisa'r Wern ac Yvonne Riley a mynd ag ambell fachgen lan i ben y das wair i garu hefyd o ran hynny a dyma Gareth yn sylwi arna i'n pendroni wy'n cofio a dyma'n fe'n dweud cymaint y byddai e'n gweld eisiau ei ffrind pennaf a phwysleisio taw nid peth slei oedd neud pethau tu ôl i gefn eich rhieni a bod sawl Kevin i gael fel mae pob person â sawl fersiwn o'i hunan mewn gwirionedd fel mae pawb yn newid rhyw fymryn bach i addasu i'w hamgylchiadau yn dibynnu ar gyda phwy maen nhw'n siarad ac er fy mod i'n gwybod yn iawn taw treial neud i fi deimlo'n well oedd e wy'n cofio meddwl am beth mor aeddfed i fachan ifanc un deg chwech oed i'w ddweud a'i fod e'n hollol wir fod Kevin yn wahanol gyda'i ffrindiau a gyda ni neu gyda Mr Phillips Ffiseg neu gydag ie wrth gwrs gyda 'Hannah' ond wy wir ddim moyn mynd i fan'na achos wrth edrych trwy'r ffenest ar y wiwer lwyd yn joio neidio o gangen i gangen yn y cae tu hwnt i'r ardd mae hi bron fel wy'n dychmygu mwnci yn y jyngl yn neidio o gangen i gangen ac wy'n teimlo mewn hwyliau eitha da am ennyd fach yn cofio Gareth mas yn yr ardd gyda fi yn mynnu bod e'n falch o'r cyfle i gael sgwrs iawn gyda fi achos oedd e moyn dweud wrthyf i a Martin hefyd fod e'n bwysig i ni wybod bod Kevin yn meddwl y byd ohonon ni'n dau ac yn siarad amdanon ni'n aml a dyma fi'n gafael ym mraich solet mab hynaf Pencefn a rhoi cusan ysgafn ar ei foch ac yntau'n rhyw afael yn lletchwith ynof innau a'i lygaid yn llenwi druan ac wrth i fi feddwl am lysenw Gareth yr 'Alei Wi' hyn dyma fi'n ystyried wrth gwrs bod hyn yn un o chwiwiau nodweddiadol Kevin rhoi enwau eraill i'w ffrindiau a'i deulu gyda'i Wncwl Aled wedi mynd yn addas iawn yn Wncwl Caled a Jake yn Jane achos ei wallt hir a Dafydd Pen-y-bont yn Sowldiwr achos bod e mor anniben fel arfer wy'n credu a finnau'n Y Fam Orau yn enwedig pan oedd e moyn rhywbeth ac mae'n debyg fod Megan yn Megan Fegan o bryd i'w gilydd hefyd ac er nad fe feddyliodd am enwi'r band yn Lledrith Kevin fynnodd fod pob aelod yn cael enw dewin i gyd-fynd â'i bersona yn y band gyda Jason yn Jason The Magnificent mae'n debyg a Jake yn The Great Jake a Kevin ei hun yn The Special K oedd bach yn blentynnaidd ond 'na ni dim ond bach o sbort oedd e ond er bod fy egni'n pylu o bryd i'w gilydd wy'n llwyddo i fentro mas i'r pentre weithiau a stopi i siarad â phobl sy'n dipyn o gamp a welais i Dafydd Pen-y-bont tu fas i'r siop sef un o ffrindiau Kevin wrth gwrs a sylwi bod ei wallt du yn donnau cyrliog ers i fi 'i weld e ddiwetha a wnes i ddim dweud unrhyw beth am hynny ond maen nhw'n dweud bod *perms* yn dod 'nôl yn enwedig ymhlith dynion ifanc ac mae hynny'n neud i fi feddwl am y Kevin arall oedd yn enwog am ei wallt bron cymaint â'i sgiliau pêl-droed a bron er mwyn tanlinellu falle nad o'n i'n nabod Kevin ni cystal ag o'n i'n meddwl fy mod i dyma gwpwl priod sef Amina a David o dyddyn Henllan lan wrth ymyl y Wenallt yn galw fan hyn un diwrnod gyda darlun oedd Amina wedi'i baentio'n arbennig i Kevin sef rhywbeth oedd hi wedi bwriadu'i roi iddo fe ar y penwythnos yn dilyn ei ei ei ymadawiad fel rhan o ddathliadau hanner canmlwyddiant glanio ar y lleuad a dyma hi'n tynnu'r gorchudd *bubblewrap* oddi ar y llun a'i ddangos i fi a Martin yn ystafell ffrynt yr ymwelwyr a'r ddau ohonon ni'n edrych ar ein gilydd damaid bach ar goll oherwydd taw llun o Louis Armstrong yn canu'r trwmped ar y lleuad yw'r llun ac mae'n debyg taw rhyw eironi tafod yn y boch felly yw sail lot o luniau Amina sy'n fenyw hardd iawn yn ei phedwardegau o Malaysia gyda gwallt hir du yn sgleinio fel darnau glo yn yr haul a llygaid mawr trawiadol brown dim ond wedi ei gweld o bell yn gweithio yn ei stiwdio yn yr hen garej wrth y cei o'n i cyn hynny a heb wir siarad gyda hi na'i gŵr David chwaith oedd yn dipyn hŷn na hi tua'r un oedran â Martin er yn fwy *hip* nag e os dyna'r gair gan fod ei wallt mewn *top knot* trendi fel oedd gwallt Kevin arfer bod ac oedd e'n siarad yn dawel iawn ond yn llawn awdurdod distaw bonheddig a wnaethon ni gynnig diod iddyn nhw ond dim ond bobo baned o de gawson nhw a hwythau'n sôn cymaint o'n nhw'n meddwl o Kevin ac mae'n debyg taw syniad Kevin ei hun oedd y llun a bod Amina am ei roi iddo fel anrheg deunaw cynnar gan fod David a Kevin wedi dod ymlaen â'i gilydd cystal adeg y gig answyddogol yn y goedwig gerllaw eu cartref pan roddodd David fenthyg system PA i Lledrith a daeth hi'n amlwg taw technegydd sain oedd wedi hanner ymddeol oedd David er gwaethaf ei ymddangosiad hipiaidd ac oedd e wedi gweithio ar ffilmiau *James Bond* a rhai o'r rhai cynnar *Harry Potter* hefyd a ddaeth e ymlaen yn dda iawn gyda Martin ar eu cyfarfyddiad iawn cyntaf sy'n dipyn o gamp achos mae Martin yn gynhenid amheus o bobl nes iddo fe ddod i'w nabod nhw sydd ddim yn nodwedd arbennig i'w goleddu mewn *guest house* fel Sŵn-y-Don ond Martin yw Martin a fydden i ddim yn 'i newid e am y byd er gwaethaf beth ddywedodd e'r bore 'ma am Kevin ac mae'r llun lan ar y wal yn yr ystafell ffrynt ers y noson honno wnaeth y ddau alw a'i deitl yw *All The Time In The World* ar ôl un o recordiau enwocaf y trwmpedwr blaengar o America ac ar ddiwedd Medi mae Amina'n meddwl cael arddangosfa gydag agoriad iawn yn cynnwys gwin a *canapés* yn ei stiwdio ac am roi canran o elw'r noson at gronfa'r pentre ar gyfer yr Eisteddfod Genedlaethol sydd yng Ngheredigion nesaf ware teg iddi ac ers hynny wy wedi bod yn edrych ar ei lluniau hi ar y we ac wy'n licio'i defnydd hi o liwiau sef lliwiau pastel yn bennaf ac yn licio'i hiwmor tafod yn y boch hi hefyd a'r darluniau o Boris Johnson fel Frankenstein yn lle Boris Karloff a Warren Gatland gyda Faye Dunaway fel Bonnie and Clyde wedi codi gwên rhaid cyfadde ond unwaith eto o gwrdd â'r pâr hyn o fewnfudwyr wy'n dod yn ymwybodol iawn fod gan Kevin neu oedd gan Kevin yn hytrach rhyw fywyd cudd na wyddwn i fawr amdano ac nid jest yn ystod y flwyddyn ddiwethaf hon ond o bosib ers blynyddoedd ac oedd hynny'n fy ngwneud i'n lloerig y teimlad yma o fod ar ymylon pethau neu yn y cysgodion ynglŷn â fy mab fy hun fy unig fab fy unig blentyn a gan fod y fath rwystredigaeth yn crawni tu mewn i fi falle mai dyna pam ddyrnais i Martin bore 'ma achos oedd pethau wedi bod yn casglu tu mewn i fi ac yn pydru'n danllyd yn fy ymysgaroedd fel rhyw fustl gwrthnysig ac wy'n teimlo fy hun yn tanio wrth feddwl am beth wedodd Martin ddim bore 'ma ond bythefnos 'nôl ac yntau wedi aros ychydig ddiwrnodau ar ôl yr angladd cyn dweud wrtha i fod Kevin bum mlynedd 'nôl wedi dod adre o'r ysgol yn gynnar a'n dala ni yn y gwely ond nid jest yn y gwely ond finnau'n noeth ac wedi cael fy nghlymu â 'mreichiau ar led i ddau bostyn y gwely a Martin â'i dafod rhwng fy nghoesau ac ie mae angen dweud pethau'n blaen achos diffyg siarad plaen sydd wedi bod yn rhannol gyfrifol falle am achosi i Kevin ymhél yn y byd wnaeth e a pham oedd e mor ddryslyd yn

ei agwedd at ryw a pha syndod sydd i hynny ac
yntau'n grwt un ar ddeg oed wedi dala llygaid ei dad
yn pipo'n syn arno fe wrth droi ei ben i'r ochr a
finnau'n griddfan yn dawel fel 'sen i mewn poen ond
ddim mewn poen chwaith yn griddfan mewn pleser
ar ddiwrnod braf o haf ac mae'n debyg bod Kevin
wedi cael whant mynd i chwarae ar y traeth gyda'i
ffrindiau ac wedi dod adre'n annisgwyl o gynnar i nôl
ei ddillad lan môr a thywel i fynd gydag e ond
wnaeth e jest agor ei geg led y pen mewn
anghrediniaeth yn ôl Martin ac am faint oedd e yna
Duw a ŵyr a pham taw dim ond nawr wy'n cael
gwybod am hyn pan mae hi'n lot rhy hwyr a nawr
mae'r cwlwm cas yn dychwelyd i'm stumog wrth
ystyried bod Martin wedi meddwl cael gair gyda
Kevin am yr hyn welodd e sef gair call pan fyddai e'n
hŷn a 'na beth wedodd e wrth Kevin pan ddaeth e
'nôl o lan môr y noswaith hynny mae'n debyg sef
bod oedolion yn gallu neud pethe rhyfedd iawn yn
y gwely ac er bod Mam i'w gweld wedi clymu yn
erbyn ei hewyllys a hyd yn oed o bosib yn edrych fel
'se hi mewn poen doedd hi ddim a'r gwrthwyneb
oedd yn wir a'i bod hi'n mwynhau a doedd dim
eisiau iddo fe fecso am ddim byd a byddai Martin
yn cael gair gydag e eto pan fyddai e'n hŷn ac yn

deall pethau'n well ond wrth gwrs gafodd e byth air gyda Kevin am y digwyddiad a phan holais i Megan pam fod hi wedi bennu 'da Kevin mor ddisymwth a'i gweld hi'n cochi fe wthiais i'r cwestiwn i'r pen a wnaeth hi gyfadde'i bod hi yn ei diniweidrwydd wedi cael ofn y rhaff oedd ganddo mewn ystafell wely gwesty yn Aberystwyth un pnawn Sadwrn ac y gwnaeth hi ffoi 'nôl adre mewn hast a fu hi erioed yn agos iddo eto ddim go iawn a finnau'n diolch iddi am fod mor onest am rywbeth mor bersonol a'r ddwy ohonon ni'n cofleidio'n gilydd yn y diwedd yn y caffi bach ar dop y rhiw yn y dre a Megan yn gorfod sychu ei dagrau â'i napcyn ond finnau'n dal i ffaelu llefain a jest yn teimlo'r cwlwm cas hyn yn fy ymysgaroedd fel rhyw losgfynydd llawn crawn ar fin ffrwydro yn waeth nag unrhyw ddŵr poeth ges i erioed ac wy'n cofio treial gwenu ar rai o'r cwsmeriaid eraill yn y caffi a'r rheiny wedyn yn edrych yn syn ar y ddwy ohonom ac wrth gwrs wy ddim yn gweld bai arnyn nhw ond wy'n gweld bai ar Martin am beidio dweud wrtha i am brofiad mor mor mor am beth mor ffurfiannol i Kevin sef gweld ei dad a'i fam yn y gwely a finnau heb syniad am y peth a dario ti Martin ddylet ti fod wedi dweud wrtha i cyn nawr yn enwedig o gofio taw gair mawr Martin ers blynyddoedd nawr yw gonestrwydd yn enwedig yn ei gwrw ac wrth i fi dowlu'r bag te yn flin i mewn i'r bin priodol a rhoi dropyn o laeth yn y mwg wy'n mynd mas unwaith eto i'r ardd i eistedd wrth y ford ar y patio ac wedi i fi wyntyllu fy ngwyneb twym â chopi heddiw o *Golwg* wy'n cael cyfle i edrych ar beth o'i gynnwys a sylwi bod y colofnydd Cris Dafis yn canu clodydd arwres Kevin Greta Thunberg sy'n cael ei bwlio ar y cyfryngau anghymdeithasol gan un o noddwyr mwyaf Brexit sef Aaron Banks yn rhannu ei ffantasïau cas amdani'n boddi wrth iddi hwylio ar draws yr Iwerydd i Uwchgynhadledd ar yr hinsawdd yn Efrog Newydd wel beth ar y ddaear mae'r dyn Banks 'ma'n treial ei gyflawni wrth ledaenu'r fath gasineb Duw a ŵyr ac wy'n darllen fwyfwy yn y papurau fod nifer o aelodau seneddol benywaidd yn derbyn negeseuon bygythiol dros y we yn feunyddiol sy'n codi'r cwestiwn sydd wedi bod yn gwthio'i gyrn mewn i 'mhen byth ers i Kevin neud beth wnaeth e sef pwy sy'n rheoli'r cyfryngau hyn achos mae'n amlwg i fi ac i unrhyw un call arall ein bod nid yn unig wedi cyrraedd gwaelod y gasgen ond wedi cwympo ar ein pennau fel cymdeithas i'r gwter ac wy'n gwybod y byddai Kevin yn ffieiddio petai'n clywed y sylwadau mileinig ar-lein am Greta ei gyfoeswraig ifanc achos gallai fynd i hwyl yn hawdd pan oedd e'n sôn am gynhesu byd-eang a'r gwaddol fyddai ei genhedlaeth e'n ei etifeddu gan y to hŷn anghyfrifol ac wy'n cofio sut oedd Kevin wedi dadlau gyda rhai o aelodau'r tîm cwis am ba mor bwysig a chreiddiol i'w fodolaeth oedd bod yn llysieuwr ond hefyd yn wir yn teimlo cywilydd nad oedd e'n figan fel Megan a Jake ac yntau'n gorfod diodde tynnu coes gan Dic Penrallt ac Eirlys hefyd i raddau fy mod i ei fam yn ferch fferm rhag eu cywilydd ond pan soniodd Dic y byddai'r hen Henry Morgan Maes-glas yn troi yn ei fedd o ganfod bod ei ŵyr yn llysieuwr doedd ddim rhaid i fi ddweud dim am Dadi jest gadael i Martin roi ei droed i lawr ac er nad yw e'n ddyn treisgar mae rhyw fygthiad yn ei lygaid sy'n ddigon i gau ceg person yn syth fel arfer a dyna ddigwyddodd yn yr achos hwn er bod Martin ei hun wedi gorfod diodde hen ddigon o dynnu coes yn ystod y cyfnod diweddar hyn yn enwedig un nos Sul pan gafwyd sgwrs go danllyd yn y dafarn am Brexit ar ddiwedd y cwis ac yntau'n cyfadde'n agored ei fod wedi pleidleisio o blaid gadael ac yntau'n cael ei gyhuddo o fod yn Brydeiniwr gan Dic Penrallt ond ddim am hir chwaith gyda'r olwg fygythiol honno nid yn unig yn cau ceg

Dic ond yn esgor ar ymddiheuriad go glou a dylsai Dic wybod yn well fel wedodd Eirlys o gofio cysylltiadau cryf Martin â Phlaid Cymru a Yes Cymru erbyn hyn a'i fod e wedi pleidleisio i adael Ewrop er mwyn cryfhau Cymru mewn blynyddoedd i ddod a datod y cwlwm mileinig oedd yn ein clymu ni am byth yn ôl Martin fel rhyw linyn bogail dieflig i Lundain a taw dadl Farcsaidd oedd ganddo fe am adael Ewrop dadl am fwlian y banciau Almaenig a dadl digon tebyg i'r corrach Corbyn sef dadl llawn risg ond dadl resymol serch hynny bod dim modd cael gwir chwyldro o fewn Bloc o gymaint o wledydd mawr ac er na wnes i fy hun na dros saith deg y cant o Gymry Cymraeg eraill mae'n debyg bleidleisio i adael Ewrop o'n i'n ddigon aeddfed i weld bod hawl gan Martin i ddatgan ei farn a bwrw ei bleidlais yn ei ffordd ei hun ac mewn gwirionedd oedd e wedi meddwl tipyn mwy am y pwnc nag o'n i er bod Kevin wedi gresynu at bleidlais ei dad hefyd oherwydd os nad oedd Prydain yn mynd i fod o fewn Bloc gwledydd Ewrop yna byddai'n rhaid iddi ymuno â'r Clwb Cyfalafol rhywle arall achos Cyfalafiaeth yw'r unig gêm mae gwledydd y Byd yn fodlon ei chwarae o ddifri erbyn hyn gan gynnwys y wlad fawr honedig gomiwnyddol Tsieina sydd wrth gwrs yn aelod blaengar o'r Clwb Cyfalafol beth bynnag mae Martin yn ddwued ond pan welodd Martin yr ystadegyn taw'r Cymry Cymraeg oedd y grŵp ethnig gyda'r ganran fwyaf o bell ffordd ym Mhrydain gyfan i bleidleisio o blaid aros yn Ewrop chwerthin nerth ei ben wnaeth e gan ddatgan fod y ffaith ein bod ni'n cael ein hystyried dim ond fel grŵp ethnig yn profi ei bwynt bod angen newid llawer mwy sylfaenol yng ngwleidyddiaeth Prydain er mwyn cyrraedd ei nod e o annibyniaeth i Gymru o fewn Ewrop yn y pen draw ac er bod Dic a Peter yn y tîm cwis ac ambell un arall yn y pentre yn meddwl fod Martin bach yn od (a rhai yn meddwl yr un peth amdana i reitiwala ynta) mae'r ffaith nad yw'n dilyn pawb arall fel dafad yn ddeniadol ac o'n i'n cefnogi fe i'r carn pan wedodd e na fyddai Kevin yn mynd i'r ysgol Gymraeg swyddogol ond yn cefnogi ysgol y dre ac yn rhoi presenoldeb Cymraeg i honno sydd ar garreg ei ddrws ac a oedd yn ddigon da i'w dad a'i fam cyn bod unrhyw sôn am addysg Gymraeg ffordd hyn a ni wedi gorfod diodde tipyn o dynnu coes os nad beirniadaeth agored am y penderfyniad hwnnw dros y blynyddoedd hefyd heb sôn am ein dewis i alw Kevin yn Kevin yn hytrach na Cefin a Martin yn hytrach na gwylltio gyda busnesa rhai o'r pentrefwyr yn chwerthin yn groch ar eu pennau ac wrth feddwl am ei chwerthiniad hael braf wy'n cael pwl sydyn o bryder o feddwl eto am yr hyn welodd Martin y noswaith dyngedfennol honno yn ein gardd ni ac yntau wedi gweld pethau mawr yn ei waith bob dydd fel parafeddyg pan oedd e'n iau yn gweld ambell gorff yn yrwyr moto-beics yn aml eu pennau wedi'u hollti'n llwyr a darnau o gyrff wedi eu taflu o geir ac yn gorfod casglu'r darnau hyn o gyrff yn goesau ac yn freichiau bron fel rhyw jig-so erchyll ac wrth gwrs oedd e'n cael ei effeithio gan yr hyn welodd e yn enwedig os oedd plant bach wedi marw ond rhywsut oedd e'n gallu magu'r nerth i gario ymlaen achos oedd e ddim yn eu nabod nhw gan amla er wnaeth e weld corff Mererid Cwmffrwd wy'n cofio ar ôl iddi gael ei thaflu gan geffyl a'i helmed heb allu achub ei gwaedlif angheuol druan a welodd e Gwyn Brynsiencyn hefyd wedi ei ladd yn ei ugeiniau cynnar ar ôl cael ei daro oddi ar ei feic ac yntau'n grwt mor heini yn cystadlu mewn treiathlonau hyd yn oed yn y cyfnod hynny ac yn cael ei ladd mewn *hit and run* a ffeindion nhw byth pwy oedd yn gyfrifol chwaith ond doedd holl brofiad Martin am gymaint o flynyddoedd does bosib byth yn gallu'i baratoi e ar gyfer beth welodd e sef ei fab ei hunan ac o'n i'n falch bod e wedi cymryd diddordeb yng ngwasanaeth yr angladd gyda fi a'r Parchedig Ifan ac yn wir Martin awgrymodd 'Calon Lân' fel yr emyn cyntaf i'r angladd gan fod yr emyn wedi cael ei fabwysiadu fel petai gan gefnogwyr pêl-droed Cymru yn enwedig ers twrnamaint yr Ewros yn Ffrainc yn nwy fil un deg chwech un deg chwech un deg chwech dim ond un deg chwech a lot o'i gyfoedion sef ei gyfeillion pennaf yn canu'n ddewr trwy eu dagrau wrth i gôr adran uwch yr ysgol ganu 'Anfonaf Angel' a finnau'n cael sioc yn y festri ar ôl y gwasanaeth wrth i Gareth neu Dafydd wy'n credu nage Ruth o wy'n dechrau cymysgu fel oedd Mam arfer neud ac mae fy mhen i'n troi ac wy ddim yn cofio pwy wedodd wrtha i nawr taw Hywel Gwynfryn ysgrifennodd y geiriau hynny gydag alaw Robat Arwyn a falle 'mod i'n neud cam ag e ond doedd gen i ddim syniad bod Hywel Gwynfryn yn sgwennu er 'mod i wedi'i licio fe dros y blynyddoedd ar y radio ac ar y teledu rhaid dweud rhyw gymeriad hynaws agos atoch chi gyda fe a wedodd Martin taw fe oedd yn gyfrifol am eiriau nifer o ganeuon Meic Stevens hefyd a'r gair Gwynfryn yn neud i fi feddwl am Rhodri oherwydd taw brodor o ardal Porth Gwynfryn yn Ardudwy yw e ac o gofio am yr angladd wy'n cofio synnu fod cymaint o bobl wedi dod lan ata i yn y festri gyda rhai yn ysgwyd llaw yn ffurfiol ond lot o bobl yn fy nghofleidio hefyd â'u llygaid yn llawn dagrau a'r ddau ohonon ni'n edrych yn rhyfedd yn croesawu pobl wrth ddrws y festri fel diolch iddynt am ddod a finnau'n bwten mor fach (hoff ddisgrifiad Martin ohono i) a Martin yn chwe throedfedd tair modfedd yn ddoniol o anghymharus ar bwys ein gilydd ond pawb yn gwybod bod ein perthynas yn gryf fel craig yr oesoedd os o'n nhw'n nabod ni o gwbl er wy'n ddwl bared gydag e heddi mewn ffordd arall mewn ffordd loerig bost rhaid cyfadde y mwlsyn ag e ac mae digon o whant gyda fi i ateb y tecst ges i gan Rhodri bore 'ma a mynd lawr at y fainc uwchben y traeth heno jest mas o sbeit ond wy'n gwybod hefyd ym mêr fy esgyrn wna i byth y fath beth achos bydd Rhodri wedi bod mas yn dathlu'r canlyniadau TGAU Ffiseg heno siŵr o fod ac yn ac yn ac yn ac yn ac yn beth yn gwmws Mari fach wedi drysu ei deimladau na paid twyllo dy hunan oherwydd cyfaill triw o gyd-Gristion yw Rhodri a dim byd arall wrth gwrs hynny a sdim byd o'i le ar gael help dyn da ac wy'n grediniol ei fod e'n ddyn da a ddylen i ddim cymryd sylw o Martin yn meddwl bod e'n foi od yn byw ar ben ei hunan ynghanol unman rhyw ddwy filltir tu fas i'r pentre ac i'r diawl â'r ffaith taw fe oedd un o hoff athrawon Kevin a'r ddau ychydig bach yn rhy agos i'w gilydd os rhywbeth a sdim ots bod e'n wrandäwr da a fel 'se fe'n deall beth wy'n mynd trwyddo dylen i jest anghofio amdano fe ac yntau bron ugain mlynedd yn iau na fi felly callia ac anfona decst yn dweud byddi di'n aros mewn heno er oedd e'n dweud bod gydag e rywbeth pwysig i'w ddweud wrtha i a dylen i fod yn falch siŵr o fod nad yw e wedi pwdu achos y tro diwethaf i fi ei weld e wnes i awgrymu'n gryf bod e a Kevin wedi bod yn rhy agos o lawer ac wy'm yn siŵr pam wedes i hynny falle mas o genfigen ie cenfigen o ryw fath mae'n siŵr a gobeithio bod Rhodri heb ddigio a falle taw dyna'r peth pwysig mae e moyn ddweud wrtha i sef nad yw e moyn fy ngweld i i drafod Kevin byth eto ac o feddwl am heno wy'n cofio bod rhaglen ar S4C nes ymlaen gyda'r gog 'na y tenor gollodd ei chwaer druan Rhys Meirion ie mae rhaglen ymlaen heno gyda threfniant arbennig o 'Anfonaf Angel' wna i dreial ei gwylio falle er bod y gân yn arfer neud i fi lefain wnaeth hi ddim yn yr angladd ac wy'n gwrthod llefain y dŵr fel wede Ruth ac mae angen i fi neud erbyn hyn fel mae Megan druan yn neud trwy'r adeg yn ôl y sôn gobeithio nad yw hi'n beio'i hunan er falle fod 'na ryw wirionedd ei bod hi wedi arwain Kevin i'r dibyn trwy gwympo mas a gwahanu ond y cythraul o'r Philippines wthiodd e oddi ar y dibyn sdim dwywaith am hynny ond ie da iawn hi am allu llefain a dyna sydd eisiau i fi neud sef beichio llefain powlio llefain arllwys dagrau nid rhyw ddiferion mewn driblad bach sy'n gwlychu fy mochau gyda'r nos ond mae angen i'r argae chwalu nawr er mwyn symud i'r cam nesaf yn y broses ha ha ha fel 'se pethe mor syml â hynna ac mae Doctor Carol wedi sôn am y broses o alaru yn fanwl gyda fi'n barod wel hyd syrffed chwerthinllyd a dweud y gwir gan hyd yn oed rhoi siart i fi i'w hongian ar y wal o'r chwyrligwgan o emosiynau y bydda i'n siŵr o fynd trwyddynt ond pam Kevin bach wnest ti ddim siarad gyda ni does bosib nad o't ti'n gwybod taw nid cael gwared â'r poen yn dy ben di y byddet ti'n neud ond ei basio ymlaen i dy deulu ac mae'n wir es i drwy'r camau clasurol o Sioc a Gwrthod Derbyn ynghyd â Dryswch ac Ofn a Rhewi a Chwilio Am Fai yn glou iawn ac erbyn hyn wy'n sownd ar Ddicter gyda D neu Dd fawr a'r rhwystredigaeth a'r pryder a'r embaras a'r cywilydd a'r llid lloerig sy'n canlyn yr emosiwn gwael hwnnw a D am Dyrnu hefyd ers bore 'ma ac am

Ddiawlio a Dirmygu a Danto a Dinistrio a'r Diafol ei hun wy'n gwybod sy'n chwarae wic a wiw â 'mhen ac er bod Dr Carol a Fflo hefyd yn dweud taw siwrnai yw galaru a maes o law byddaf yn dod mas o'r trobwll trwblus a chyrraedd tir D arall sef Derbyn a hyd yn oed rhoi rhyw gynllun i'r Dyfodol yn ei le alla i ddim credu hynny na ddim am eiliad ar y funud ta beth ddim heb ddala'r diawl wnaeth hyn i Kevin mae fy mabi gwyn i'n haeddu hynny o leiaf a falle bydde'n syniad i fi wylio 'Anfonaf Angel' ar y teledu heno wedi'r cwbl er bydd e'n od gwylio fe ar ben fy hunan ynta ond sdim whant arna i i neud dim byd gyda Martin ar ôl bore 'ma a falle bydd y byrddau tu fas i'r dafarn yn y pentre yn llawn heno ar noson mor ffein ac wy'n gwybod aeth sawl un i'r dafarn yn y pentre noson yr angladd hefyd gan gynnwys Dafydd a Jake a Gareth er 'u bod nhw dan oedran i gofio am Kevin mewn ffordd yr un mor draddodiadol â'r angladd ei hun am wn i a chafodd Martin ei demtio i fynd ond arhosodd e gyda fi a Ruth ac Arwyn a Hywel yn y tŷ er bod y ffôn yn canu trwy'r nos ac o'n i'n falch o hynny bod Martin wedi aros achos gawson ni gyfle i fynd am wâc ar lan yr afon am gyfnod a mynd lawr i'r traeth rownd y gornel i Gei Cariadon a dianc o'r holl fân-siarad gydag Arwyn yn treial ei orau i darfu ar y tawelwch llethol yn y tŷ trwy ddweud pob math o bethau dibwys ac wy'n cydymdeimlo ag e yn hynny o beth bod tawelwch yn gallu bod yn ddigon o farn ac yn waeth na bron unrhyw beth arall er oedd ambell beth wedodd e i darfu ar y distawrwydd yn weddol ddiddorol hefyd ware teg er enghraifft yn ôl Arwyn ŵyr i Lewis Valentine yw'r Ian Gwyn Hughes hyn gath gymaint o glod am Gymreigio tîm pêl-droed Cymru yn yr Ewros ac yn dal i neud gwaith da yn ôl Martin a Ruth wedyn yn ymuno â'i gŵr wrth fynd ymlaen ac ymlaen am safon gwych y bwyd a'r te yn festri Seilo yn enwedig y brechdanau samwn a chiwcymbr a'r bara brith a pha mor garedig oedd pawb a finnau'n gwybod bod hyn i gyd yn wir ond dal yn ysu i ffoi o'r cyffredin dibwys gyda'r hwyr ac yn falch o'r cyfle i edrych ar y sêr a'r heli a golau'r lloer i'm tywys o'r bob dydd daearol yng nghwmni fy ngŵr ac yn dweud wrtho fy mod i'n falch na ddaeth ei frawd Aled 'nôl i'r tŷ achos o'n i wedi gwylltio gyda fe a'i lap wast bod hunanladdiad ar gynnydd a bod genynnau'n gyfrifol am gwymp Kevin a'i fod e'n neud siart achau neu 'na beth ma' fe'n 'i alw fe ta beth ac mae'n syndod i fi bod e wedi cadw'i Gymraeg cystal neu o gwbl mewn ffordd ac yntau'n byw yn Essex ers blynyddoedd ac mor wahanol eto i Martin er taw dim ond tair blynedd sydd rhyngddyn nhw ac wy ddim wir yn cofio rhyw lawer amdano fe yn yr ysgol achos oedd e ar fin gadael neu falle wedi gadael erbyn hynny i weithio yn Llundain fel bownsar mewn clybiau nos ac alla i ddeall pam aeth e i'r cyfeiriad hwnnw achos mae e'n dal i edrych fel talcen tŷ a ddim yn cymryd nonsens wrth unrhyw un a wedodd e 'se fe'n cael gafael ar bwy bynnag chwaraeodd y fath dric brwnt ar Kevin 'se fe'n cael pleser yn torri ei wddwg gan ei droi'n sydyn mewn un symudiad chwim yn gwmws fel troi gwddwg iâr ac er bod Martin yn fawr mae e'n edrych fel plentyn ar bwys Aled sydd â chwmni diogelwch ei hunan erbyn hyn Big Al Security yn cyflogi rhyw hanner dwsin ar y tro wrth iddyn nhw gael eu hurio ar gyfer achlysuron arbennig fel gwyliau cerddoriaeth neu ddigwyddiadau mawr chwaraeon ac er bod gydag e'r un edrychiad â Martin yn gwmws yn ffocysu a chulhau ei lygaid glas nes neud i rywun grynu yn ei esgidiau mae Martin yn llawer mwy addfwyn o ran natur ac Aled yn ffaelu aros yn llonydd ac yn bendant fe oedd dafad ddu'r teulu am flynyddoedd yn mynd i drafferthion rownd y ril oherwydd ei hoffter o glatsio er fel oedd Martin yn dweud doedd e byth yn clatsio heb reswm da ymladd ar ran y cyfiawn oedd e gan amla sefyll lan i'r bwli neu helpu rhywun mas achos mae gyda fe galon fawr ac wy ddim yn amau hynny am eiliad ac a bod yn onest erbyn hyn prin iawn mae e'n cysylltu â ni fel teulu er mae e a Martin yn ffonio'i gilydd ryw unwaith y mis ond o'n i'n falch o glywed bod e wrthi'n cynllunio siart achau a wedodd e wrthon ni fod ei hen hen dad-cu ochr ei dad a thad Martin wrth gwrs rhyw Isaac Edwards wedi towlu ei hunan oddi ar y bont yn dre ar Nos Galan stormus ym mil wyth wyth deg ac yntau ond yn ddeugain mlwydd oed a thra oedd e'n stwffio'i fola yn y festri oedd e'n mynnu lapian y rwtsh bod genyn i'w gael mewn teuluoedd sy'n gwneud i aelodau'r teulu hwnnw fod yn fwy agored i'r syniad o ladd eu hunain ac o'n i'n meddwl bod y fath bwnc yn anaddas ar ddydd yr angladd wel wrth gwrs 'i fod e ac yn enwedig yn dod gan aelod mor agos o'r teulu a wedais i hynny yn llawn dicter wrth Martin hefyd a chath e air yng nghlust Aled ac yna ddwedodd e wrthyf fod dim malais yn ei frawd o gwbl sy'n ddigon gwir jest bach yn dwp yw e neu ddim yn meddu ar lot o'r hyn maen nhw'n ei alw'r dyddiau yma yn *emotional intelligence* ac mae meddwl am hynny'n neud i fi feddwl am *artificial intelligence* neu AI er bod hwnnw'n golygu rhywbeth arall hefyd i fi ym Maesglas yn groten o'n i ddigon balch o weld Aled yn mynd yn syth ar ôl y bwyd yn y festri yn ysgwyd llaw Martin fel 'se fe'n treial 'i thorri hi ac yn fy nghofleidio innau fel rhyw arth ddim yn gwybod ble i roi ei grafangau a finnau'n gobeithio nad oedd unrhyw un yn ein gwylio ni a gwynt teg ar ei ôl e a'i ddamcaniaethau dwl yn awgrymu bod Kevin yn fwy bregus yn fwy tueddol i ladd ei hunan a falle 'mod i'n rong ond wy ddim yn credu 'mod i wrth fentro dweud taw pobl fel Aled sy'n cadw gwefannau pornograffi i fynd ac wy'n becso bod e wedi sôn wrth Kevin am ryw wefannau anaddas pan oedd e wedi cael un neu ddau wisgi'n ormod achos ma' fe'n licio wisgi gyda Martin yn prynu potel o'r un Gwyddelig iddo fe bob Nadolig Jameson ei ffefryn ddim bod nhw'n agos fel dau frawd na ddim o gwbl dim fel'ny jest cadw mewn cysylltiad ar y ffôn unwaith y mis fel wedais i ac o'n i mor falch hefyd pan gath Martin jobyn ar y ffonau nes ymlaen yn ei yrfa er roedd e'n achwyn bod e'n ddigon diflas jest yn rhoi cyngor gan amlaf wedi ei ailhyfforddi i weithio ar ffonau a thipyn o bobl yn siarad Cymraeg gydag e mae'n debyg yn falch o siarad eu mamiaith pan o'n nhw mewn rhyw drybini neu'i gilydd a dyna'r eironi ontife bod ei dad wedi bod am flynyddoedd nawr yn siarad â dieithriaid gan roi cyngor meddygol syml iddyn nhw ac yntau'n ffaelu sôn am bethau pwysig wrth ei fab ei hunan ond rhaid cyfadde hefyd nad oes unrhyw dystiolaeth bod Kevin wedi ei dargedu oherwydd ei hoffter o wefannau rhyw nag o achos ei fagwraeth ac yn y bôn ysfa i ddatrys dirgelwch sydd gan Martin a finnau sef ateb synhwyrol i'r cwestiwn syml pam ac er 'mod i'n falch nad oedd Martin bellach yn yr ambiwlans a'r holl straen a oedd yn mynd gyda bod yn barafeddyg o'n i wedi'i annog e i ymddeol yn gynnar hefyd gan fod digon o waith iddo fe yn helpu mas fan hyn er bod e'n neud ei siâr pan allith e ware teg yn enwedig ers ailhyfforddi gan osgoi unrhyw shifftiau cynnar er mwyn cymryd yr archebion brecwast a siarad mymryn gyda'r ymwelwyr am yr ardal a gorliwio ambell beth fel crybwyll bod ein cei bach ni yn hafan fendigedig i smyglwyr a bod sawl llongddrylliad wedi digwydd ar y creigiau gerllaw ac ambell gwrt cangarŵ wedi ei gynnal yn y dafarn hefyd ac mae Twm Bach y tafarnwr yn hen law ar ymestyn storïau yn well o lawer na Martin yn enwedig ymestyn pethau i'r twristiaid gan ddweud wrth ambell un bod y siroedd yng Nghymru wedi eu henwi ar ôl cewri a bod hynny'n wir am Geredig yng Ngheredigion er enghraifft a bod Cymru ei hun wedi troi'n ddraig o garreg ganrifoedd mawr yn ôl a taw Pen Llŷn oedd tafod y ddraig ac ambell ymwelydd Americanwyr gan amlaf yn llyncu'r stori'n bert a byddai Martin yn gallu rhaffu celwyddau o'r fath yn hawdd amser brecwast fan hyn 'se fe'n dymuno ond sdim iws achwyn achos mae e wedi chwarae ei ran fan hyn yn bendant a safio arian i ni hefyd achos bod e'n gwybod pa mor bwysig oedd hynny ac yw hynny'n dal i fod i fi sef gwneud llwyddiant o Sŵn-y-Don yn enwedig yn y dyddiau cynnar pan werthodd Mam ran o dir Maes-glas i'n helpu ni i brynu'r lle a hithau'n cofio geiriau Dadi bod Sais ar draeth yn talu'n well nag unrhyw fuwch mewn cae ac erbyn meddwl dyna'r math o ffraethineb siarp fyddai'n nodweddu tynnu coes Kevin hefyd ac roedd gan y ddau yn union yr un llygaid glas pert treiddgar a hefyd rhyw ffordd ryfedd o sefyll gydag un droed tu ôl i'r llall a'r ben-glin dde yn sticio mas a 'na ryfedd taw dim ond nawr wedi i'r ddau ein gadael ni wy wir wedi sylweddoli hynna ac wy'n grac mai dim ond gweld Kevin yn fabi wnaeth Dadi achos fyddai e o bawb mor browd o beth mae e wedi'i gyflawni heddi ac wy'n meddwl am Kevin yn rhestru'r elfennau yn y Periodic Table fel 'se fe'n adrodd o'r Ysgrythur ac Eirlys a Dic yn ein tîm cwis yn gegrwth fel dau bysgodyn aur a Martin yn chwerthin o fêr ei esgyrn yn rhyfeddu ar y diléit oedd gan Kevin mewn ffeithiau ac yn lwcus wrth gwrs bod ei feddwl fel sbwng yn gallu casglu pethau a chofio heb fawr o ymdrech ac wy'n cofio am gynnwys rhai o'r papurau yn yr ystafell frecwast yr wythnos hon a 'mod i'n becso na fydd fy nhabledi dŵr poeth i na thabledi pwysedd gwaed Martin ar gael am gyfnod ar ôl Brexit ac er bod Iestyn y fferyllydd bach ifanc yn y dre wedi fy sicrhau na fydd problem wy'n dal i boeni ac mae sôn am bob math o bethau eraill sy'n codi ofn ar rywun hefyd fel llai o fwyd yn y siopau a dogni petrol heb sôn am drais ar y strydoedd yn enwedig yng Ngogledd Iwerddon ac mae Martin hyd yn oed yn cyfadde y caiff y cwbl effaith wael ar ymwelwyr yn dod i Sŵn-y-Don yn y tymor byr gyda phobl yn treial bod yn fwy ceidwadol mewn cyfnod ansicr er ni ddim wedi gweld fawr o wahaniaeth hyd yma ac yn dawel bach wy'n meddwl bod e'n rong am hynny a bydd pobl yn enwedig o ddinasoedd Lloegr dal moyn diflannu i dangnefedd ein pentre bach ni fan hyn ar lan y môr mwy fyth os rhywbeth ac wy'n gwybod bydd eu hangen nhw arna i yn fwy nag erioed nid jest am yr arian ond wy wedi ffeindio'n barod bod rhaid i fi gadw'n hunan yn fisi a taw eistedd lawr a hel meddyliau fel wy wedi neud prynhawn 'ma yw'r gelyn pennaf ac mae cymaint o'n gwesteion wedi dod i wybod am Lyfr Coffa Kevin a thorri eu henwau ar hwnnw ac wedi cyfrannu i'r Dudalen Er Cof Am Kevin ar Facebook hefyd sy'n llawn lluniau ohono ac mae hyn i gyd yn ogystal â'r Llyfr Ymwelwyr arferol yn yr ystafell ffrynt ac mae pobl wedi dweud pethau digon call amdano fe ware teg pethau syml fel *Although we never met you may you rest in peace* a sawl un wedi cyfrannu'n ariannol i'r Samariaid yr elusen wnaethon ni ddewis i dderbyn rhoddion er cof amdano ac er fy mod i'n gwybod nad yw Martin yn licio bod y Llyfr Coffa ar y ford fach yn y pasej ffrynt gyda'r ddau lun o Kevin ar y wal uwch ei ben rhaid dweud fy mod i'n hollol gyfforddus fod pawb sy'n aros yma'n dod i wybod am ein trasiedi teuluol a bod dyddiau ysgubo pethau dan y carped ar ben yn Sŵn-y Don ac wy'n credu bod lot o'r ymwelwyr yn gwerthfawrogi ein bod ni wedi ailagor a chadw at eu trefniadau gwreiddiol er liciwn i 'sen nhw ddim yn defnyddio geiriau fel *brave* a *courageous* a *bold* yn enwedig yn eu hadolygiadau

Trip Advisor achos sdim byd yn ddewr na gwrol na beiddgar am gadw'n fisi'n fwriadol mewn ffordd hunanol er mwyn treial peidio meddwl er yn eironig wrth gwrs wy wedi canfod na alla i stopio meddwl a bod fy ymennydd wedi'i sgramblo'n un clytwaith anferth o ddelweddau ac yn rhibidirês o eiriau ac er nad ydw i'n gallu canolbwyntio unrhyw beth tebyg i'r hyn o'n i yn y gorffennol ar unrhyw beth ers i Kevin ers i Kevin ers i Kevin ein gadael ni wy'n llwyddo i wthio'n hunan i dreial edrych ar y papurau ni'n eu gadael yn yr ystafell frecwast i'n gwesteion bob dydd ac ambell beth er mawr gywilydd i fi yn codi gwên fel awydd Donald Trump i brynu Greenland i America fel 'se fe'n mynd i sêl y Brodyr Evans a phrynu cae top Maes-glas neu'n codi ei fys neu wincio ar Dilwyn yn y mart am ryw lo bach pert oedd wedi dal ei lygad ac mae sôn ers misoedd bod y mart yn y dre'n mynd i gau ac mae'r cadarnhad lawr ar ddu a gwyn yn *Golwg* heddi ac wy'n falch bod Dadi wedi hen fynd achos fyddai hynny'n torri ei galon e yr unig gyfle go iawn y byddai'n ei gael i ymlacio gyda'i ffrindiau a chael mwgyn bach ar ymyl y ring neu joch bach o wisgi i'w gynhesu rhag yr oerfel oedd y mart ond oedd e wedi mynd lawr ers blynyddoedd yn ôl Dilwyn Ocsiwnïer hyd yn oed

mor bell 'nôl â dyddiau Dadi gyda llai a llai o bobl
yn mynd a siŵr o fod erbyn hyn mae rhyw fai ar y
Rhyngrwyd am hynny hefyd gyda'r to iau yn gallu
prynu stoc ar-lein neu'n gallu gwerthu'n syth i'r
lladd-dy neu i'r archfarchnad ac un o fy atgofion
cynharaf oedd yn y mart gyda Dadi yn fy arddangos
i bawb yn ei freichiau cadarn mewn arwerthiant
ceffylau a finnau'n cofio hyd yn oed nawr cyfuniad
prin yr arogleuon dom ceffyl a mwg y ffermwyr wrth
iddyn nhw smygu ar gyrion y ring ac wrth feddwl am
geffylau'r mart mae'r term Saesneg *when the
balance of the mind was disturbed* yn mynd rownd
a rownd fel ceffylau pren didostur y ffair yn fy mhen
yn enwedig yn y nos er wy ddim yn siŵr pam chwaith
achos does neb wedi defnyddio'r geiriau i ddisgrifio
cyflwr Kevin ond wy wedi clywed y geiriau ar y
teledu droeon er ddim yn ddiweddar rhaid cyfadde
ond mae'n gas gyda fi'r geiriau gan eu bod nhw'n
awgrymu taw jest llestr i gemegolion gwahanol y'n
ni yn y diwedd a bod y cydbwysedd pwysig hwn yn
rhywbeth sydd allan o'n rheolaeth ni a'i fod e mor
rymus nes bod rhaid dilyn ei orchymyn doed a ddelo
sy'n swnio'n debyg i gariad neu'n bendant yn debyg
i demtasiwn ac ai cael ei demtio gan 'Hannah' yn
ystyr y diafol a gafodd ein hebol bach chwareus yn

ffansïo'i hunan yn dipyn o farch cyn ei amser achos wy'n deall peryglon temtasiwn hyd yn oed mewn tecst fel yr un digon syml ges i ddiwedd y bore 'ma oddi wrth Rhodri jest yn dweud 'Mor falch o'i A serennog yn Ffiseg Yn meddwl amdanoch Rhowch wybod os ydych am gwrdd ar y fainc neu ym Mryneithin fel y trafodwyd Gen i newyddion pwysig i'w rannu efo chi Rh x' ac er nad oes unrhyw beth ar yr wyneb yn awgrymog yn y tecst pam wnaeth e gynhyrfu fy stumog â rhyw gwlwm twym pleserus yn enwedig yr 'x' ar y diwedd a beth oedd y newyddion hyn oedd e am ei rannu gyda fi roedd hynny'n fy nghyffroi hefyd felly pam wnes i ddileu'r tecst yn syth a pham nad ydw i wedi ei ateb achos taw becso amdanaf fel cyd-Gristion da a blaenor yn wir mae Rhodri yn ei neud a dim byd arall ac yn ddoniol yn ei ffordd ei hun gyda'r ddau ohonom yn or-barchus os rhywbeth gyda'n 'chi' ffurfiol bob tro fel 'sen ni newydd gwrdd er falle bod e'n neud 'na oherwydd bod e'n athro ar na yn gyn-athro ar Kevin a rhaid i fi gofio taw fel un o gyn-athrawon na un o hoff gyn-athrawon Kevin mae e wedi fy nhecstio a finnau yn rhiant yn fy ngalar a bod dim byd o'i le ar hynny ac mae 'x' yn gallu bod yn gyfeillgar er nad oes yr un athro arall wedi fy nhecstio chwaith er bod y brifathrawes wedi fy ffonio ar ôl iddi weld nad o'n i yn yr ysgol bore 'ma gyda Martin a hithau dan deimlad yn sôn am allu rhyfeddol Kevin hefyd ware teg a sôn cymaint o grwt ffein oedd e a finnau'n dal pethau ynghyd yn weddol dda ar y cyfan gan nad y'f i'n un o'r goreuon am gael sgwrs ffôn o bell ffordd ond ydw i'n twyllo fy hun achos os wy'n onest fe drefnais i gwrdd â Rhodri ar y fainc achos oedd beth ddwedodd Martin am yr hyn welodd Kevin bum mlynedd 'nôl wedi 'nhaflu fi oddi ar fy echel ac roedd gen i gwestiwn penodol i'w ofyn iddo fe am y llyfr nodiadau o'n i wedi'i ffeindio ym mhoced siaced Kevin heb sôn am ribidirês o bethau eraill fel pam oedd e wedi ysgrifennu cymaint o bethau mympwyol am y lleuad fel 'Os fyddai'r Ddaear maint fy mhen yna byddai'r lleuad maint afal bach ar ochr arall yr ystafell fyw' ac 'Mae'r lleuad ond yn adlewyrchu deuddeg y cant o'r golau mae'n cael gan yr haul' a 'Y cylchred arferol o un lleuad i'r nesaf sy'n cymryd dau ddeg naw niwrnod deuddeg awr pedwar deg pedwar munud a thair eiliad sydd wedi diffinio amser ers iddo gael ei ddiffinio am y tro cyntaf erioed' pam ar y ddaear ysgrifennu'r ffeithiau hyn mae'r peth mor *random* rhywsut fel bywyd ei hun falle ac yn bwysicach na dim byd arall yn y llyfr o'n i moyn gwybod beth oedd yr hafaliad wedi ei farcio mewn inc coch gydag NB nesaf ato fe sef $h = mk^2$ a phan soniais am yr hafaliad wnaeth Rhodri wenu'n frwd gan ddweud taw jôc fach Kevin oedd $h = mk^2$ sef rhyw chwarae ar hafaliad enwog Einstein $e = mc^2$ sef yr hafaliad roddodd Rhodri ei hun fel nodyn teyrnged amwys i Kevin gyda'i fwnsied o rosys cochion ond y tro hwn yn $h = mk^2$ h oedd hapusrwydd mae'n debyg ac m oedd Megan ac K oedd Kevin ei hun ac mae'r NB nesaf ato fe yn fy nhrwblu ac wy'n gwybod er i Martin ddweud wrtha i am adael llonydd i Megan gan fod hi'n galaru hefyd wy'n gwybod yn iawn bydd rhaid i fi siarad gyda hi eto yn bendant cyn y Cwest ac am ryw reswm dechreuodd Rhodri siarad wedyn am un o'i hobïau sef ymweld â hen adfeilion yn enwedig hen gapeli a'i fod e wedi mynd i weld adfail hen gapel ar gyrion y dre o'r enw Bryn Salem ac o glywed y gair Salem dyma finnau'n sôn am lun enwog Vosper oedd gan Mam ar y landin ym Maes-glas ac wedyn wedodd Rhodri rywbeth od o'n i'n meddwl sef bod e wedi sôn am *witch-hunts* enwog tref Salem yn America wrth Kevin sef sail i un o'i hoff ddramâu *The Crucible* Arthur Miller a'i fod e hefyd wedi sôn wrth Kevin am *witch-hunts* tebyg yn yr Almaen a Ffrainc ond nid yn pardduo a lladd gwrachod y tro hwn ond pardduo a lladd blaidd-ddynion ac efallai fod pwy bynnag osododd fideo Kevin ar-lein nid yn unig am ddial arno am beidio â thalu iddo ond hefyd am ei gosbi mewn rhyw ffordd am gael moesau llac yn eu barn nhw achos oedd e'n tybio bod criw sylweddol iawn o bobl ddialgar a chreulon allan yna ac wrth i finnau feddwl nawr am y posibilrwydd bod rhywun wedi neud y fath beth er mwyn condemnio Kevin mae'r cwlwm cas yn fy stumog yn cynyddu ac wrth i fi ystyried y ddau fath o gwlwm sy'n bodoli yn fy stumog sef yr un cas a'r un pleserus wy'n dod i'r casgliad 'mod i'n gwybod yn iawn beth yw'r gwahaniaeth rhyngddyn nhw o ran teimlad ond beth yw'r gwahaniaeth yn gemegol falle sdim ateb i'r cwestiwn a'i fod e'n gwestiwn dwl ac o'n i mor falch fy mod i wedi penderfynu chwarae 'Y Teimlad' drwy system sain drosodd a throsodd ar lan y bedd yn yr angladd achos er taw cân un arall o dy arwyr Dave Datblygu sef Cardi fel ti oedd 'Y Teimlad' oedd well 'da ti fersiwn y Super Furry Animals a finnau'n falch taw fi oedd yn gwybod hynny amdanat ti ac nid dy dad am unwaith ac wy'n gwybod o't ti'n edrych ymlaen at weld a fyddai dy annwyl Lerpwl yn ei gwneud hi'r tymor hwn ac yn llwyddo i ennill y

Premier League heb sôn am gefnogi tîm rygbi Cymru yng Nghwpan y Byd a 'set ti wedi bod wrth dy fodd yn ein gweld ni'n trechu'r hen elyn mewn gêm gyfeillgar Sadwrn diwethaf gyda thrueiniaid carfan Cymru wedi bod wrthi'n chwysu stecs yn ymarfer mewn tywydd poeth yn Nhwrci o bobman mewn lle o'r enw Antalya yn ôl y radio sy'n gallu bod yn gwmni gyda rhyw gyffyrddiad bach mwy personol mwy agos atoch chi na'r teledu er bod hi'n ddigon poeth yng Ngwalia Lân heddi yn yr ardd heb sôn am orfod mynd i Dwrci a finnau'n gorfod defnyddio'r *Golwg* ddaeth yn y post bore 'ma fel gwyntyll ar gyfer fy wyneb twym a doedd dim un o'r pethau hyn oedd ar y gorwel i ti na fi a dy dad na dy dad-cu nag Wncwl Aled nag Anti Ruth ac Wncwl Arwyn na dy gefndryd ym Maes-glas Huw a Bethan na Mr Phillips Ffiseg na dy ffrindiau niferus yn cynnwys Megan druan doedd neb o'r rhain dim hyd yn oed jest un ohonyn nhw na'r cynnwrf o ffurfio Lledrith na'r cynnwrf o weithio ar 'Y Corryn Craff' dim un o'r pethau hyn dim un yn ddigon i neud i ti ailystyried a phwyllo cyn mentro gwneud rhywbeth mor aruthrol o fawr mor arswydus o erchyll ond heb dorri cysylltiad yn llwyr â'r pethau hyn chwaith dewis gwisgo dy grys Lerpwl a dewis trengi ar noson leuad lawn er nad oedd hi wedi tywyllu wrth gwrs pan ffeindiodd dy dad di bron union hanner can mlynedd ers cam bach sylweddol Neil Armstrong ond mae dy dad yn mynnu i ti neud cam â ni ac er na wedith e hynny'n blwmp ac yn blaen wy'n gwybod bod e wedi cael siom enfawr ynddot ti rhag ei gywilydd e pan nad oes bai yn y byd arnot ti fy mlodyn heulog i ac a o't ti wedi llefain rhywfaint cyn i ti neud yr hyn wnest ti gan feddwl amdanon ni wedi ypestio'n lân achos mae'n rhaid bod ti wedi ystyried y bydden ni'n llai ypsét am weld dy gorff noeth a dy rannau mwyaf preifat ar ryw ffôn neu sgrin cyfrifiadur na dy ffeindio'n gelain ac ar goll i ni am byth bythoedd ond mae'n debyg nad oedd fy mabi bach gwyn i wedi meddwl fel'na o gwbl a taw ofn yn anad dim byd arall oedd yn ei yrru ei hyrddio tuag at glogwyn mewn car clou a gwasgu ar y sbardun lawr i'r llawr gan feddwl bod rhyddhad dim ond cic fach o'r *stepladder* i ffwrdd a phwy fyddai'n gweld bai arno fe am chwenychu tawelwch terfynol o'r storm a'r swnami o ofn a chywilydd oedd yn gyrru'r poenydio yn ei ben ac a oedd e wedi meddwl tybed am y pethau na fyddai'n eu gwneud nawr nid jest y pethau mawr fel priodi neu gael plant ei hunan ond pethau mwy bob dydd fel pasio'i brawf gyrru fel oedd e wy'n gwybod yn edrych ymlaen at neud pan fyddai'n troi'n un deg saith yn Nhachwedd a byddai wedi astudio Ffiseg Cemeg a Bywydeg ar gyfer ei lefel-A dyna wedodd e oedd ei ddymuniad ond ddim yn cymryd unrhyw beth yn ganiataol chwaith yn ei ffordd ddiymhongar ei hun a byddai wrth ei fodd gyda'i ganlyniadau heddi ac yn ysu i'w dangos i'w dad ac i Hywel tad Martin oedd mor agos iddo fe gyda'u hanturiaethau pysgota pan oedd e'n iau cyn iddo fe droi'n llysieuwr ac yn dysgu'r termau Cymraeg am bob blodyn a chreadur dan haul a dan y lleuad iddo fe hefyd ac wy'n gwybod ei fod e ar drywydd y pynciau iawn i fynd yn ddoctor wrth gwrs 'i fod e ar ôl heddi a'i dair A serennog yn y pynciau priodol ac er na wedodd e hynny'n ddiweddar wy'n cofio fe'n grwt bach yn cael bag bach meddyg a mwynhau esgus cymryd fy nhymheredd neu wrando'n astud ar fy mrest trwy ei stethosgop a mynnu bod Martin yn cael ei 'foddion' a bod Hywel wedi dweud bod rhyw gwac o feddyg 'nôl yn yr achau hefyd yn rhywle ac wrth gwrs roedd Martin ei hunan wedi bod yn barafeddyg am flynyddoedd ond nid achub bywydau fyddai tynged fy angel gwyn ond cymryd ei fywyd ei hun a Hywel druan wedi ei ysgwyd i grombil ei fodolaeth pan gath e'r newyddion am ei ŵyr ac mae Martin yn meddwl mai hyn fydd ddechrau'r diwedd i'w dad a'i fod e wedi troi'n hen ŵr dros nos gyda'r sioc a'r diffyg dirnad affwysol a'r diffyg deall llwyr ac mae hynny'n fy ngwneud i'n grac mor grac ac wy'n gwybod na ddylen i gynhyrfu gormod a threial cadw at y canllawiau oedd Rhodri wedi eu hawgrymu er mwyn i mi aros yn fy iawn bwyll sef rhyw switshys i'w diffodd a'u troi ymlaen yn y pen a chyfri i ddeg wrth ddweud Duw Cariad Yw Duw Cariad Yw yn fy mhen a threial cadw'r ddelwedd o Kevin fel angel yn fyw yn fy mhen hefyd ac wrth feddwl am fod yn grac a threial peidio cynhyrfu wy'n parhau i deimlo'n grac wrth i fi feddwl am 'onestrwydd' mawr Martin a'i beth mawr eleni yn enwedig ers i Yes Cymru fagu ychydig o stêm yw y dylai'r Cymry drafod mwy gyda'n gilydd am ein seicosis ni fel cenedl a taw dyna'r unig ffordd ymlaen ac oedd pethau'n argoeli'n dda gyda mudiadau fel Yes Cymru ac AUOB yn bwrw'r maen i'r wal neu o leiaf yn treial ein cael ni i siarad â'n gilydd am ein dyfodol ar ôl ysgytwad y bleidlais Brexit ond sdim iws iddo fe siarad fel'na a chadw rhywbeth mor bwysig oddi wrth ei wraig ond 'na fe pwy ydw i i siarad am onestrwydd a finnau heb sôn gair fy mod i wedi cyfarfod â Rhodri ar y fainc uwchben Cei Cariadon jest y ddau ohonom ryw dair gwaith erbyn hyn a hynny'n rhannol wy'n sylweddoli yr eiliad hon oherwydd alla i fod yn onest gyda Rhodri am bethau sydd wir yn gwasgu arna i a dim bradychu Martin yw hynna ife yn enwedig yr adeg hyn nawr â'i ben e os rhywbeth yn fwy dryslyd syfrdan na f'un i a phan holodd Rhodri os o'n i'n teimlo fy mod i wedi ffarwelio â Kevin yn fy enaid oedd rhaid rhoi'r ateb onest 'na' a fy mod i'n ystyried o ddifri byw rhan o'i fywyd e fy hun sef y bywyd na gafodd e'i weld ie yn awyddus i'w fyw e ar ei ran e fel petai os yw hynny'n gwneud unrhyw synnwyr er roedd e'n gwneud synnwyr perffaith i Rhodri pan wedais i fydden i'n mynd yn llysieuwr ac o bosib yn figan maes o law a hyd yn oed astudio Ffiseg os fyddai Rhodri'n fodlon fy helpu gan fod Kevin wedi sôn sawl gwaith bod Rhodri fel dewin yn y dosbarth yn gwneud sioe fwriadol o arbrofion fel 'se fe'n neud hud a lledrith ac fe welodd Martin a finnau e'n gwneud arbrawf gyda dwsinau o beli ar y noson agored yn yr ysgol ddiwedd Mehefin i helpu disgyblion i ddewis pa bynciau hoffen nhw eu hastudio yn y chweched at lefel-A ac roedd yr arbrawf yn ddigon o ryfeddod wrth i'r peli fynd rownd a rownd mewn cylchoedd llai a llai cyn diflannu'n gyfan gwbl i lawr twll du yn gwmws fel dŵr yn mynd i lawr sinc ac roedd yr arbrawf yn dangos cymaint o rym oedd disgyrchiant a dyma Rhodri'n sôn am y sgyrsiau niferus gath e gyda Kevin am yr union bwnc hwn yn y dosbarth ac am lanw a thrai ac wrth gwrs am ran allweddol tynfa ddisgyrchol y lleuad yn hynny o beth ac yn bendant liciwn i ddysgu mwy am y lleuad a wnaeth Rhodri ddatgelu bod Kevin ac yntau hefyd wedi cael sawl sgwrs ddifyr amdani wrth syllu arni wrth i Rhodri ei gerdded 'nôl i'r pentre ar ôl iddyn nhw wylio DVD rhyw ffilm arswyd neu'i gilydd yn ei fwthyn diarffordd Bryneithin a'r lleuad jest yn ymddangos yn sydyn rownd rhyw gornel neu'n dod mas o'r tu ôl i gwmwl ond wastad gydag elfen o syrpréis ac yn ymddangos ar yr adegau mwyaf annisgwyl er gwaethaf ei chysondeb rhyfeddol a soniodd Rhodri fod gan Kevin ddiddordeb mawr yn y cysyniad o Amser a dyma fi'n dweud wrtho fod Kevin wedi gofyn beth yw Amser pan oedd e'n grwt ifanc iawn a finnau'n teimlo'n flin nad o'n i'n medru ei ateb a dyma Rhodri er syndod mawr i fi yn dyfynnu o lyfr Pedr sef 'Eithr yr un peth hwn na fydded yn ddiarwybod i chwi anwylyd fod un dydd gyda'r Arglwydd megis mil o flynyddoedd a mil o flynyddoedd megis un dydd' a bod yr adnod honno fel 'A Duw a ddywedodd bydded goleuni a goleuni a fu' yn gynsail da i egluro rhywbeth cymhleth iawn yn Ffiseg ond y tro hwn am Amser sef bod Amser yn bodoli nid mewn continwwm ond mewn bloc sef bloc o bedwar dimensiwn fel mae'n digwydd a bod damcaniaethau neb llai nag Einstein ei hun wedi cadarnhau'r adnod a bod Einstein a Duw yn canu o'r un Llyfr Emynau fel petai a bu bron i'r dagrau ddod o glywed y geiriau hyn gan Rhodri wrth ymyl y fainc gan i mi deimlo cynhesrwydd mawr o feddwl bod Kevin a'i athro Ffiseg wedi bod yn trafod y Llyfr Mawr yn y fath gyd-destun cyfoes a chyffrous ond wy'n credu y gwnaeth Rhodri gamddehongli fy llygaid llaith gan iddo newid y pwnc a sôn ei fod yn gwybod am y pnawn diffrwyth gath Kevin a Megan yn Aberystwyth a bod Kevin yn teimlo'n chwithig am y peth ac er fy mod i'n ymwybodol na ddylai athro wybod y fath fanylion am ddau o'i ddisgyblion roedd rhan ohono i'n falch fod Kevin yn gallu ymddiried yn Rhodri fel ffrind felly fe bwysais arno ymhellach i sôn pam y teimlai'n chwithig a dyma fe'n sôn am y rhaff ac o synhwyro fy embaras dyma fe'n egluro bod Kevin wedi dweud wrtho taw jôc oedd wedi bac-ffeirio rhyngddo fe a Megan wrth iddo dreial ail-greu

un o arbrofion mwyaf poblogaidd Rhodri yn ystafell
wely'r gwesty yn Aberystwyth y prynhawn hwnnw
sef arbrawf syml i brofi cywirdeb Trydedd Rheol
Newton sy'n nodi taw am bob effaith neu rym yn
natur mae ymateb hafal a dirgroes ac er bod yn
rhaid i fi gyfadde nad o'n i cweit yn deall y cwbl ar y
pryd ac wy wedi neud nodyn o'r hyn ddywedodd e
erbyn hyn o'n i wedi fy swyno gan y syniad yr eiliad
honno gan ei fod e'n swnio fel barddoniaeth i fi dan
y sêr yn hytrach na gwyddoniaeth ond oedd Rhodri
ware teg wir yn gwrando ar yr hyn o'n i'n ddweud
wrtho fe hefyd am nad o'n i moyn gollwng gafael ar
Kevin byth a hynny esgorodd ynof innau yr awydd i
agor lan ychydig mwy iddo am Kevin a'r cyfaddefiad
nad edrychais ar ei gorff yn yr arch yn Sŵn-y-Don ar
fore'r angladd a bod gwell gyda fi gofio Kevin fel
oedd e ac er bod rhai pobl yn mynnu 'i fod e'n beth
da er mwyn cael rhyw fath o closure gyda'r
ymadawedig pan soniais am fy mhrofiad ysgytwol
annifyr gyda Mam roedd Rhodri unwaith eto fel 'se
fe'n deall ac yn nodio'i ben yn ystyrlon ac roedd ei
gydymdeimlad mor ddwys a gwir ac mor Gristnogol
yn ei hanfod nes i fi fentro ychydig ymhellach gydag
e a sôn am weld corff John Tad-cu Maes-glas yn ei
arch ym mharlwr y fferm yn groten ddeg oed a chael

sioc aruthrol o weld yr holl flewiach gwyn fel barrug y bore ar ei wyneb llwyd a chael hunllefau am fisoedd wedi hynny rhywbeth nad ydw i wedi sôn amdano wrth Martin hyd yn oed a bod y profiad wedi magu rhyw atgasedd ynof i tuag at flewiach o unrhyw fath yn enwedig ar wynebau dynion a dyna'n rhannol pam na fu gen i ddiddordeb erioed yn y ffilmiau *werewolf* oedd Kevin yn eu mwynhau gymaint ac o'n nhw'n troi fy stumog a dweud y gwir ac yna o'i wirfodd dyma Rhodri'n dechrau sôn pam ei fod e'n hoffi'r ffilmiau hyn hefyd fel Kevin sef yn rhannol oherwydd eu hiwmor tafod yn y boch ond yn bennaf oherwydd fod ganddo ddiddordeb brwd yn y syniad bod enaid rhywun yn gallu cael ei feddiannu fel yn wir y byddai ambell Gristion yn cydnabod neu yn wir yn ymfalchïo yn y syniad bod tröedigaeth at Dduw yn rhywbeth i'w groesawu ac yna dyma fi'n sôn a rhaid oedd sôn doedd dim dewis gyda fi dyma fi'n sôn am demtasiwn bron peswch y gair mas fel 'se fe'n rhyw germ niweidiol ac yna tawelwch llethol wrth i'r ddau ohonom syllu ar y lleuad fel 'sen ni'n deisyfu rhyw fath o arwydd neu arweiniad ohoni cyn i Rhodri sôn yn gywir yn fy marn i mai'r diafol oedd yn temtio bob tro a taw'r diafol demtiodd Kevin ac wrth iddo ddweud hyn o'n i'n teimlo fy llygaid hysb yn llenwi unwaith eto gan 'mod i'n gwybod ei fod wedi taro'r hoelen ar ei phen a dyma fe'n gafael yn fy mraich â'i law fach llaw plentyn bron llaw bardd a syllu'n driw i fy llygaid a dweud bod yn rhaid gwrthod y diafol ar bob cyfri bob tro ac yna fy nhro i oedd hi i nodio'n ddwys i ddatgan fy nghytundeb ac mae meddwl am gael fy nhemtio fel hyn yn neud i fi feddwl am dy ystafell wely ac er fy mod i wedi dechrau ei glanhau hi rhyw fymryn mae ambell ran wel sawl man a bod yn onest wy'n ffaelu'n lân â chyffwrdd ynddyn nhw a draw yn y gornel chwith tu ôl i dy reilen ddillad uwchben dy hen hetiau mae corryn yn aros am ysglyfaeth i'w ddala fel ti yn ei we ac un diwrnod oedd yr haul yn ei ddala fe'n bert ac fe dynnais i lun ohono fe ar fy ffôn ac wrth gwrs wy'n gallu chwyddo'r llun yn ôl y galw a gweld y creadur yn ei holl ogoniant cymhleth â'i lygaid anferth a'i flewiach mân a rhyfeddu at y Greadigaeth ac am unwaith rhyfeddu at y dechnoleg sy'n fy ngalluogi i syllu ar rywbeth mor gymhleth ond yn ei hanfod rhywbeth mor syml hefyd ac wy'n meddwl am Kevin yn sôn wrtha i fod bron pob gofodwr yng nghynllun Apollo America hyd yn oed y rhai oedd ddim yn grefyddol cyn mynd wedi dychwelyd o'r gofod â'u cred yn Nuw a'r

Greadigaeth yn fwy cadarn ac yn wir erbyn hynny yn hollol ddiysgog ac mae'n wir am wn i mai ar adegau o harddwch fel edrych i lawr ar y Ddaear o'r gofod neu wrando ar ddarn o *Feseia* Handel neu edrych yn fanwl ar un o luniau rhyfeddol van Gogh neu yn wir edrych i lawr meicrosgop ar y prysurdeb anhygoel sy'n digwydd yn feunyddiol o fewn ein celloedd ni'n hunain mae'r rhain i gyd yn brofiadau sy'n darostwng rhywun ac yn ei sobri i feddwl bod rhywbeth yn fwy na ni rhaid bod rhyw drefn yn gyrru'r fath gymhlethdod ac yng nghalon y symlrwydd cymhleth hwn mae dirgelwch nad oes modd ei ddatrys ond dylid jest ei gofleidio a diolch amdano a pheidio ei or-gwestiynu achos eglurodd Rhodri wrthyf ar ein cyfarfyddiad diwethaf ar y fainc bod y rhan fwyaf o Ffiseg yn ei hanfod yn ddirgelwch a bod nifer o bethau ar lefel fach fach theori cwantwm nad oedd modd eu mesur yn iawn a mater o ffydd neu gred yw llawer o Ffiseg yn gwmws yn yr un modd â Christnogaeth ym marn Rhodri ac wrth wylio'r corryn yma yn dy ystafell sy'n hardd iawn er gwaethaf ei flewiach wy'n gwybod yn rhannol pam na alla i gyffwrdd ag e jest rhag ofn ife jest rhag ofn taw ti yw e Kevin wedi dod 'nôl i dy hen ystafell achos mae ambell grefydd nid un ni ond ambell un yn credu yn y math yna o beth a dyw'r gair *reincarnation* ddim yn neud i fi feddwl am dy arch a'r blodau'n ffurfio dy enw o gwbl ond am hufen melys o'n i arfer cael mas o dun a'i arllwys dros fefus hyd yn oed mwy melys hefyd mas o dun bob tro o'n i'n ymweld â hen Anti Ann ac Wncwl Jac yn eu tyddyn ar gyrion Tregaron achos oedd Anti Ann yn gwybod taw dyna oedd fy ffefryn i ac wrth i fi sipian fy nhe sydd wedi hen oeri ac edrych ar y wiwer lwyd yn neidio o gangen i gangen mor rhydd mor rhyfeddol o rydd yn y cae wrth yr afon tu ôl i'r ardd wy'n meddwl am sgyrsiau tebyg gawsom ni fel teulu o amgylch y ford swper gyda Martin gan amlaf yn diystyru 'mymbo jymbo Criw Duw' ond Kevin yn llawer mwy agored ac yn wir wedi ei gyfareddu gan rai o'm dadleuon am ffydd ac mae hiraeth mawr gyda fi'n sydyn am ein sgyrsiau fel trindod am bynciau cyffelyb a phob pwnc dan haul mewn gwirionedd y Tad a'r Mab a'r Ysbryd Glanhau fel y galwodd Martin ni'n gellweirus os nad yn gableddus un tro 'da ti Kevin wrth dy fodd paid gwadu'r peth y gwalch allet ti byth gwato'r hwyl o't ti'n gael yn enwedig wrth drechu dy dad gyda rhyw ffaith hanesyddol neu'i gilydd a dyna sail dy berthynas gyda Rhodri hefyd neu Mr Phillips i ti yn ôl fel wy'n deall sef rhyw fath o'r hyn mae'r Sais yn ei alw'n *joshing* sef sgorio pwyntiau oddi ar eich gilydd ac wy ddim yn ei ddeall e a dweud y gwir ond mae fel 'se dynion yn cael y pleser rhyfeddaf o neud y fath beth a nage jest yn y dosbarth oedd y sgorio pwyntiau ond yng Nghlwb Ffilm y pentre yn y Neuadd Goffa bob mis hefyd yn ôl Rhodri yn enwedig pan fyddai ffilm arswyd yn cael ei dangos a tithau weithiau'n barod i ddweud celwydd am dy oedran er mwyn gweld ffilm er wnaeth neb erioed ofyn am ID achos menter leol i'r pentre oedd y Clwb a Deri James ar y drws yn gwybod yn iawn beth oedd dy oedran ta beth er o't ti'n edrych yn ddeunaw pan o't ti'n bymtheg oed erbyn meddwl ac yn bendant yn edrych yn oedolyn yn dy lun Instagram gath ei ddefnyddio pan dorrodd y stori am y fideo ar YouTube ym mhob papur newydd a'r fideo'n mynd ar-lein ar ddiwrnod olaf y tymor ysgol ar yr union ddiwrnod pan oedd y brifathrawes wedi trefnu bod 'na gwnselwyr galar yn siarad â'r ysgol gyfan am dy farwolaeth ond yn helpu dy ddosbarth di'n benodol a finnau'n syfrdan wedi fy sodro i'r soffa yn ein hystafell fyw yn ffaelu symud cymaint oedd y sioc o weld y fideo ond wedyn mor grac gyda'r papurau os allwn ni alw rhai ohonyn nhw'n bapurau o gwbl y dyddiau hyn am ddefnyddio llun o dy gyfrif Instagram oedd ddim yn dy ddangos di ar dy orau oedd yn rhywbeth pitw yng nghyd-destun popeth arall wy'n gwybod ond fe wnaeth e fy ngwylltio i'n dwll achos os oedd rhaid defnyddio ffoto o gwbl yna'r un diweddaraf ohonot ti yn dy wisg ysgol sef llun Blwyddyn Un ar ddeg yr un wnaeth i'r fenyw o'r Asiantaeth Troseddau Difrifol a Threfnedig lefain y dŵr pan alwodd hi i'n gweld ni a'r un roion ni ar glawr dy daflen angladd yna hwnnw ddylai pawb fod wedi'i ddefnyddio er mwyn dy weld ti'n gwenu fel angel ond wedyn o fewn dyddiau wnaeth un o'r rhacs tabloid wna i ddim trafferthu poeri ei enw hyd yn oed cymaint yw'r gynddaredd sy'n dal i grawni tu mewn i fi yn 'i erbyn e wnaeth y rhacsyn diawl ddangos llun *freeze frame* ohonot ti'n hanner noeth a bradychu rhai o dy hawliau dynol di neu'n hawliau dynol ni yn ôl Sharon y Wern sy'n gyfreithwraig yng Nghaerdydd ac yn arbenigo yn y maes ac sy'n gobeithio cael iawndal sylweddol i ni ac ymddiheuriad llawn o'r rhacsyn papur tŷ bach hefyd a wnaeth yr holl brofiad ein hysgwyd ni a bron neud i ni wrthod ymhél o gwbl â'r papurau a gwrthod rhoi'r hysbysiad arferol am am am beth ddigwyddodd i Kevin yn y *Western Mail* hyd yn oed ond wnaeth Islwyn Saer y Trefnwr Angladdau lleol ein perswadio ni i roi'r hysbyseb am ei farwolaeth a threfniadau angladd Kevin yn y papur hwnnw wedi'r cwbl oherwydd oedd disgwyl i ni neud a wnaeth Parchedig Ifan helpu yn hynny o beth hefyd gyda'r union eiriad a dewis pa fudiad i roi unrhyw roddion iddo sef y Samariaid yn y diwedd ond roedd y rhacsyn papur tabloid digywilydd wedi neud y difrod ta beth a doedd dim modd dadwneud y difrod unwaith oedd e mas 'na yn y *public domain* fel maen nhw'n galw fe wrth gwrs ac mae rhywbeth am ffoto neu lun sy'n hoelio sylw rhywun ac sy'n anodd cael gwared ohono fe o'ch pen pa faint bynnag wnewch chi dreial sgwrio fe'n lân neu ei ddileu o'ch cof neu o gof eich cyfrifiadur a wnaeth Huw mab Ruth a oedd yn un o'r cludwyr yn angladd Kevin ddweud wrthyn ni am beidio edrych ar Instagram na Facebook na Twitter gan fod ffotos *freeze-frame* di-ri ar y rheiny hefyd a sawl GIF beth bynnag yw hwnnw a buodd Rhodri ware teg yn weithgar iawn yn treial trwy Sharon i gael yr holl ffair frwnt i stopi ond unwaith oedd y bwgan mas o'r botel mae'n debyg bod yr holl jamborî yn cynyddu ei fomentwm ei hun a bod copïau o fideo Kevin druan hyd yn oed yn cael eu defnyddio i dwyllo rhyw blentyn diniwed arall neu ei olygu i edrych hyd yn oed yn waeth a'i werthu fel pornograffi ar y We Dywyll beth bynnag yw hwnnw ac mae jest meddwl am yr holl fochyndra ffiaidd sydd allan o'n dwylo ni mas o reolaeth unrhyw un hyd y gwela i a meddwl am yr wythnos gynta hunllefus 'na'n dod â phob dim 'nôl mor glir a'r cwlwm cas yn cnoi yn fy stumog eto nes fy mod i'n bennu fy nhe ac yn gorfod mynd i'r tŷ bach eto ac wrth i fi ddychwelyd i'r tŷ ac eistedd ar sedd y tŷ bach wy'n meddwl am yr ystrydeb bod yr oes wedi newid fel mae pawb fy oedran i wedi meddwl i ryw raddau ar hyd yr oesoedd mae'n siŵr ond rhaid i fi ddweud os wy'n onest mae e'n arbennig o wir am y blynyddoedd diwethaf hyn wrth i'r Rhyngrwyd droi ein pennau neu'n hytrach herwgipio ein pennau hyd yn oed pobl sydd prin yn cyffwrdd â'r byd ar-lein fel Martin a finnau a gwneud hynny mewn ffordd mor gyfrwys ond y pen draw hynod ddinistriol fel wnaeth e 'da Kevin o er mwyn popeth beth wnest ti Kevin bach a tithau'n ifanc mewn cyfnod mor rhyfedd yn yr oes ôl-wirionedd fel y gelwir hi a ninnau i gyd yn cael ein twyllo i feddwl bod y Rhyngrwyd yn llwyfan i amrywiaeth iach o leisiau a phrofiadau eang ond yn y bôn er ei fod yn declyn defnyddiol i hel pobl at ei gilydd i brotestio mewn sawl gwlad yn y bôn mae'n lladd democratiaeth wrth annog awyrgylch o gasineb a diffyg goddefgarwch ac yn ôl Huw mae miloedd ie miloedd mae'n gas gen i feddwl am y peth mae miloedd wedi ymateb yn negyddol iawn i'r hyn wnaeth Kevin a'i alw'n bob enw dan haul pethau ffiaidd meddai Huw dan *#wanker* a *#weirdo* a *#KevinComing* a phob math o sothach brwnt arall a Megan yn cael ei thargedu hefyd ac ar ôl fflysio'r tŷ bach wy'n mynd i olchi fy nwylo yn y basn gyda'r sebon Molton Brown ie dim ond y gorau i westeion Sŵn-y-Don a dwylo glân ysbryd glanach os nad yw hynny'n cablu fyddai arwyddair ein haelwyd fach groesawgar ni glei 'se arwyddair i gael gyda ni ac er i fi fecso tamaid bach bod ysgol gyda Kevin y bore trannoeth o'n i'n mwynhau ein sgyrsiau hwyr ar nosweithiau Sul y tri ohonon ni rownd y ford yn rhoi'r byd yn ei le achos mae Martin yn enwog am hynny yn enwedig pan mae e wedi cael peint neu ddau i lacio'i dafod ar ôl y cwis a finnau'n gwybod yn iawn fod Kevin wrth ei fodd â'n seiadau bach anffurfiol ni hefyd ac yn cofio trafod yr union bwnc hwn sef yr oes ôl-wirionedd a bod Martin yn dweud bod e'n beth da i Gristnogion yr holl ddiwylliant celwyddog grymus newydd gan fod pawb yn gallu dweud unrhyw beth am unrhyw bwnc a rhaffu celwyddau fel 'sen nhw'n wirioneddau mawr achos os nag oes unrhyw beth yn wir yna wrth gwrs mae pob dim yn wir a dyma Kevin yn gweld bod geiriau Martin yn dechrau cael effaith andwyol arnaf ac yn cyhuddo'i dad o fod yn drahaus ac wedyn Martin yn codi'i lais a tharo'r ford gan ddweud nad mas o unrhyw draha oedd e'n dweud yr hyn oedd yn gwasgu arno fe ond mas o rwystredigaeth ddofn nad o'n i na'i fab yn gallu dirnad y Celwydd Mawr oedd mor amlwg iddo fe fod pobl ar y Ddaear angen credu yn Nuw oherwydd eu hofn o farwolaeth ac anghofia i byth ymateb ystyrlon pwyllog Kevin yn edrych i fyw llygaid ei dad yn dweud nad oedd e'n ofni marwolaeth ac am y tro cyntaf wy'n dechrau meddwl er mawr gywilydd i fi fod y ffaith bod Kevin yn Gristion ac yn credu mewn rhyw fath o fywyd y tu hwnt i'r un ar ein Daear ni falle fod hynny wedi bod o help iddo fe iddo fe iddo fe neud beth wnaeth e ond wy ddim moyn meddwl am hynny ac yn benderfynol o newid cywair yn fy mhen felly wy'n mynd draw at y deisen ac mae aer yr ystafell wedi llwyddo i'w hoeri ddigon i mi allu taenu'r jam ar un hanner yn llyfn braf ond hyd yn oed fan hyn wrth edrych ar rywbeth mor ddiniwed â jam wy'n gorfod stopi am fod hadau bach y mefus yn neud i fi feddwl am had ac yn fwy penodol am had Kevin yn hedfan at y camera ac o Dduw mawr a fydd unrhyw ddiwedd i'r hunllef hyn neu odi'r angel a gwympodd Satan ei hun wedi fy meddiannu ac yn eistedd ar fy ysgwydd fel rhyw fwnci'n chwerthin ar fy mhen achos fel'na mae e'n teimlo i fi weithiau ac yn gwmws fel oedd yr ymadrodd *when the balance of the mind was disturbed* yn chwarae bêr â 'mhen mae'r ymadrodd *like a man possessed* yn fy mhoenydio'n dwll ac a yw beth wedodd Rhodri'n wir a taw Duw ei hun sydd wedi anfon y mwnci i eistedd ar fy ysgwydd i brofi fy ffydd a bod rhaid ei ymladd a'i drechu a dal ati i neud er gwaethaf popeth ac os felly yna rhaid gofyn y cwestiwn oedd mewn rhaglen deledu flynyddoedd lawer 'nôl sef *Pam Fi Duw* ac er fy mod i'n glynu hyd eithaf fy mod i'r cysyniad Duw Cariad Yw mae'n mynd yn galetach bob dydd rhaid cyfadde er fy mod i hefyd yn gwybod taw'r unig obaith i Martin a fi i ddod mas o hyn mewn un darn gyda'n gilydd yw perswadio Martin i ddod gyda fi fel oedd Kevin yn neud ar fore Sul i Seilo a dal ein pennau lan yn uchel i'r haul fel yr agapanthus o flaen y rhosys cochion a cherdded yn dalsyth ie brasgamu yn wir gan ddal dwylo'n gilydd i edrych i fyw llygad y storm sy'n treial ein chwalu ac wy'n gwybod bydd hynny'n dalcen caled yn enwedig i Martin ond er hyn

i gyd rhaid peidio gadael i'r diafol ennill y dydd ac
mae'n gas gyda fi gyfadde wnes i golli'r gwasanaeth
fore Sul diwethaf am y tro cyntaf ers i ti ers i ti ers i
ti ac er i fi ddweud wrth Martin bod gyda fi annwyd
pen wy'n credu wnaeth e ddyfalu taw esgus cyfleus
oedd hwnnw achos rhoddodd e'r edrychiad 'na i fi
sef yr un pan mae e'n codi ei aeliau a mymryn lleiaf
o'i wefusau hefyd a man a man cyfadde dyw e ddim
yr un peth eistedd yn fy sedd yn Seilo hebot ti Kevin
ac er fy mod i ynghanol ffrindiau a phobl dda ac yn
wir ym mhresenoldeb Duw a dylai hynny ynddo'i hun
fod yn ddigon dyw e ddim na dim o bell ffordd ac
wy'n ymladd yn galed yn erbyn y gwacter a'r ofn ie
yr ofn arswydus o golli nabod arnat Ti a thrwy hynny
colli nabod ar fy hunan ac ar 'ystyr bywyd' ei hun fel
y canodd yr emynydd amdano mor gryno a chynnil
ond achos wy'n dal i weld ti Kevin 'na yn y Sêt Fawr
yn dy arch gyda dy enw mewn trefniant pert o
carnations a fasys bob ochr yn llawn lilis gwynion
wy'n ffeindio hi'n anodd canolbwyntio ar unrhyw
beth arall achos mae'n hyfryd dy weld ti weithiau yn
annisgwyl rownd cornel wrth fynd i'r siop neu ar y
traeth yn gwylio'r tonnau neu'n gorwedd ar dy wely
neu'n rhedeg draw ataf ar hyd Llwybr yr Arfordir yn
wên o glust i glust neu'n gafael yn fy llaw yn ein

heisteddle yn Seilo neu'n ymddangos yn dy holl ogoniant angylaidd ger y fainc neu unwaith trwy gwmwl ac o flaen y lleuad neu wrth gwrs jest dy arogli neu glywed dy chwerthiniad rat-ta-tat sdim teimlad tebyg iddo fe ond mae'r darlun yn anffodus yn fy atgoffa o wirionedd arall sef y gwirionedd creulon dy fod ti mewn ystyr corfforol yn fan hyn nawr i gyffwrdd ynddot ti yn dy holl ogoniant bod hwnnw wedi mynd neu falle os wy'n onest â'n hunan wy'n ffeindio hi'n fwy anodd mynd i Seilo achos bod Rhodri yn ei siwt las tywyll wastad yr un siwt neu falle fod dwy yr un peth gyda fe a'i lais bas annisgwyl yn taranu o'r Sêt Fawr yn ymhyfrydu mewn geiriau rhyw emyn neu'i gilydd a'i wyneb ceriwbaidd yn morio canu ac mae'r gair ceriwbaidd yn neud i fi feddwl am forio canu fy hun wrth fynd i hwyl 'da un o fy hoff emynau i dôn 'Sanctus' flynyddoedd 'nôl nawr pan o'n i'n fyfyrwraig yn Aberystwyth yn y Cŵps neu'r Llew Du neu mewn cymanfa ganu a'r geiriau 'Glân geriwbiaid a seraffiaid' yn gyrru ias i lawr fy nghefn mewn gwefr gorfforol oedd yn beth diriaethol a real iawn a falle ife 'na pam wy'n ffaelu mynd i Seilo a'i weld e 'na o 'mlaen i ond bydd rhaid mynd rhaid dal ati neu bydd popeth ar ben ac nid dim ond i ti fy mlodyn gwyn ac yn sydyn wy'n cael

fy nharo'n wan ac er i fi ddweud Duw Cariad Yw
Duw Cariad Yw dro ar ôl tro yn fy mhen y tro hwn
nid yw'r geiriau'n fy llonyddu ac wy'n cerdded lan y
staer yr holl ffordd lan i'r trydydd llawr sef ein llawr
ni fel teulu ac mae'n rhaid mynd i ystafell Kevin yn
syth i afael yn y bag Tesco a'i agor ac anadlu'r hyn
wy'n ystyried yn hanfod neu rinflas o'r hyn yw Kevin
yn gymysgedd o arogl hen sanau a rwber ac awgrym
bach o bast dannedd neu losin o ryw fath yna hefyd
a'r mymryn lleiaf o lwydni ac wrth gwrs gwynt
plastig y bag ei hun yn sylfaen i hyn i gyd ac yn
gwmws fel rhyw jynci ar y stryd sy'n gorfod cael ei
fix wy'n gorfod cael ei bresenoldeb yn ddwfn yn fy
nhrwyn o bobman ond sy'n neud synnwyr perffaith
yn llythrennol hefyd mewn ffordd gan i hyn bob tro
yn ddi-ffael lwyddo i glirio fy mhen a'm galluogi i
wynebu gweddill y dydd neu'n wir i frasgamu'n
dalsyth am gyfnod o leia yn ei gynhaliaeth lân loyw
a thra fy mod i yno wy'n gafael yn ei siaced denim
ac arogli honno a rhaid cyfadde ei llio hefyd fel
anifail gwyllt ac wedyn pipo dan y gwely ar y rhaff
goch ac mae'r holl ystafell yn fy nghyffroi mewn
rhyw ffordd ryfedd yn gwmws yr un teimlad o gyffro
yn y bola ag o'n i arfer 'i gael yn chwarae tŷ bach yn
groten ac mae'r rhaff yn dod ag atgof am fynd i

ferlota gyda Ruth yn Nhregaron ar ddechrau'r saithdegau a theimlo embaras bod Wncwl Jac yn un o'r tywyswyr achos oedd golwg y diawl arno fe fel 'se Mam yn dweud fel 'se fe wedi bod yn sugno'r hwch yn frwnt o'i gorun i'w sawdl a'r caca a'r stecs ar ei sach o grys yn gwneud iddo ddrewi fel corwg ac yn chwys babwr yn y gwres mawr ond yn dderyn hefyd yn ei het cowboi ar gefn ei geffyl gwyn ond nid ei wynt na'i olwg achosodd yr embaras mwyaf ond y ffordd oedd e'n trin y ceffylau mewn modd mor greulon os o'n nhw ddim yn bihafio i'r twristiaid oedd yn talu trwy'u trwynau am y fraint o fynd mas i'r mynyddoedd yng nghanol haf yn un o ardaloedd mwyaf anghysbell a naturiol hardd Prydain gyfan ac wy'n cofio i bethau gyrraedd y pen wrth i'n criw ni stopi am bicnic i ginio ar ben rhyw fynydd ar bwys Ffair Rhos gyda golygfa hyfryd o'r Teifi Pools oddi tanom ni yn y pellter ac un o'r twristiaid menyw ifanc o Ddenmarc os gofia i'n iawn yn dadlau gydag Wncwl Jac nad oedd angen cosbi'r ferlen a oedd bron â'i thaflu o'i chyfrwy ar y daith draw oherwydd rhyw iâr fach yr haf oedd wedi ei chynhyrfu'n annisgwyl ond Wncwl Jac yn wfftio hynny ac yn clymu'r ferlen i bostyn gerllaw ac yn gafael mewn rhaff a wado'r creadur yn ddidrugaredd yn wir nes tynnu gwaed er mwyn dangos pwy oedd y bòs ac i ddysgu'r ferlen druan i beidio treial towlu'r fenyw o Ddenmarc na neb arall chwaith byth eto ac er i neb ddweud gair wrth fwyta'u brechdanau ac yfed eu diodydd dim ond edrych yn syn a beirniadol ynghanol yr hamdden hyll wy'n cofio llefain yn dawel i gesail Ruth a honno'n dweud wrtha i am beidio bod yn fabi a bod Wncwl Jac yn gwybod yn iawn beth oedd e'n neud a finnau ddim yn deall sut allai Anti Ann fod yn briod gyda'r fath anghenfil creulon a hithau'n aelod yn yr enwog Soar y Mynydd a chwbwl a blynyddoedd wedyn yn codi gwên fach i wep Dadi wrth iddi alw ein Seilo ni yn Soar y Môr ac mae'n rhaid bod Wncwl Jac wedi sylwi fy mod i'n ypsét achos dyma fe'n dweud wrtha i'r noson honno rownd y ford yn Ochr Garreg yn syml ond yn gadarn fod rhaid i bob ceffyl ddeall pwy yw'r meistr a dysgu parchu'r rhaff ac o'n i'n meddwl ar y pryd a nawr hefyd bod e'n derm bach od i'w ddefnyddio sef y 'parchu'r rhaff' hyn ac wy'n cofio un tro sôn am y peth wrth Dadi ac yntau'n ochri gydag Wncwl Jac wrth gwrs fel oedd dynion eu cenhedlaeth nhw'n dueddol o neud ynglŷn â phob dim hyd y gwelwn i ond wedodd Dadi hefyd bod ei hen Wnwcl Rhys e yn arfer bod yn wneuthurwr rhaffau yn grefftwr hynny yw a oedd yn gwneud rhaffau yma yn y pentref un o'r rhai olaf o ddwsinau o grefftwyr jest yn ein pentref ni yn wneuthurwyr hwyliau a rhaffau ac yn seiri coed yn cynnal eu bywydau'n cyflenwi'r llongau mawrion fyddai'n hwylio o Fae Ceredigion i bedwar ban Byd ac mae'n anodd credu hynny nawr a dros hanner y tai yma'n dai haf a phobl ifanc ddim lot yn hŷn na Kevin yn gadael am y dinasoedd fel byddin o forgrug ac mae meddwl am hyn yn fy ngwneud i'n benysgafn ac wy'n gorwedd yn ofalus ar ei wely fel 'se fe'n rhyw ofod sanctaidd ac ystyried y posibilrwydd y posibilrwydd cryf y byddai Kevin wedi gadael y pentre ei hun ymhen dwy flynedd i fynd i'r coleg ac yna ymlaen i bwy a ŵyr ble a dyna yw tynged pob rhiant a'r drefn fel y dylai fod hefyd am wn i sef treial ein gorau i gael plentyn i fagu gwreiddiau ac yna wrth iddyn nhw deimlo eu hadenydd yn aeddfedu rhoi cyfle iddyn nhw adael y nyth a chanfod eu lle yn y byd mawr y tu hwnt i'w cynefin ac wy'n hanner difaru gorwedd ar wely Kevin yn barod gan fod y nenfwd yn troi a'r cwlwm yn dynn unwaith eto yn fy stumog wrth feddwl amdano fan hyn ar ei ben ei hun a ddylen i wybod erbyn hyn os wy'n gorwedd lawr a threial clirio fy mhen orau y galla i fod rhyw waddol o deimladau fel 'sen nhw'n arnofio ar wyneb fy ymwybyddiaeth sy'n swnio'n grand iawn ac yn felodramatig o bosib ond yn wir yn hollol wir oherwydd taw yn y gwagle distaw hwn sydd hefyd yn debyg i long yn symud yn dawel ar wyneb y môr wy'n cael rhibin o gwestiynau fel adar yn glanio ar wifrau fy nerfau ac mae'r cwestiynau i gyd yn rat-ta-tat dechrau gyda 'beth os' er enghraifft beth os fydden i heb fynd i siopa i Gaerfyrddin neu beth os fydden i wedi talu mwy o sylw i'r hyn o't ti'n ei neud ar-lein neu gyda dy ffrindiau neu beth os fydden i wedi bod yn fwy o gwmni i ti achos mae'n rhaid bod ti wedi bod yn unig yn teimlo dy fod ti wedi dy gornelu a dy gaethiwo heb unman i droi cyn dy fod ti wedi neud wedi neud wedi neud beth wnest ti ac mae rhywbeth prudd am dy ystafell hefyd weithiau yn enwedig os wy'n meddwl am y troeon niferus o't ti'n diflannu fan hyn i chwarae dy gitâr neu i arlunio neu i ddarllen neu i wrando ar gerddoriaeth neu'n amlach na pheidio â dy lygaid wedi'u hoelio ar ryw sgrin neu'i gilydd ac a o't ti wedi ynysu dy hun yn teimlo dy fod ti'n hollol ar ben dy hun ac yn yr eiliadau dirdynnol hynny a wnest ti droi at Dduw a wnest ti weddïo a gofyn am ei gyngor Ef a does dim posib yn y byd taw ei gyngor Ef oedd dy anfon di i siop B&Q i brynu rhaff alla i ddim credu hynna wna i ddim credu hynna am eiliad neu beth os fydden i wedi dangos mwy o gariad tuag atat ti er wy ddim yn gwybod sut fyddai hynny wedi bod yn bosibl chwaith ac wy'n gorfod codi ar fy nhraed eto yn y pen draw er mwyn atal y math hwn o fân boenydio sydd ddim yn gwneud unrhyw les ond eto sy'n digwydd yn barhaus ac wy'n cydio yn dy gitâr fas sef yr 'hanner gitâr' fel oedd Martin yn ei galw achos dim ond pedwar tant sydd arni ac wy'n difaru'n enaid dweud wrthyt ti am ganu'r offeryn hwnnw'n dawelach rhag iddo ypsetio'r ymwelwyr ac yn y diwedd o't ti byth yn ei gysylltu i'w amp bach rhag gwneud gormod o sŵn ond fydden i'n neud unrhyw beth i glywed y sŵn hynny jest unwaith eto a dyma fi'n cael 'beth os' arall sef beth os fydden ni wedi cymryd mwy o sylw a rhoi mwy o anogaeth i'r band o't ti'n ffurfio gyda dy ffrindiau a finnau mor ddiniwed pan welais i dy eiriau am dranc afon Teifi yn dy lyfr nodiadau o'n i'n meddwl taw rhyw gerdd oedd hi a rhan o dy waith cartref o'r ysgol nes i Jake fy nghywiro i a dyma fi'n tynnu'r llyfr nodiadau mas ac yn edrych ar y geiriau eto ac wy mor browd o dy ymroddiad a dy gariad at yr amgylchfyd gyda llinellau unigol fel 'Dy ddŵr sy'n llawn o gyrff eogiaid sy'n ddieuog hei sy'n ddieuog'

a 'Dy frithyll sydd yn hyll ond ddim mor hyll â dy
ffermwyr sydd fel ellyll' yn fy nharo o'r newydd nawr
fy mod i'n gwybod eu bod nhw i fod i gael eu canu
gan Gareth oherwydd mai fe oedd neu yw prif
leisydd y band er bod llais deche iawn gan Kevin ei
hunan ond mae'n debyg taw Gareth oedd yn gyrru'r
egni tu ôl i'r band yn bennaf a hwythau'n ymarfer
ym Mhencefn ac wrth i fi roi'r gitâr 'nôl i bwyso yn
erbyn y wal ar bwys yr amp bach du wy'n meddwl
am Aled a brynodd y seinydd i Kevin ware teg ar ei
ben-blwydd yn un deg chwech a meddwl pam o'n i
mor siarp gydag e ar bnawn yr angladd ai oherwydd
ei fod wedi taro rhyw nerf ynof i ac efallai fod
rhywfaint o wirionedd yn yr hyn oedd e'n honni a
falle bod genyn o ryw fath nid yn tueddu at
hunanladdiad yn union falle ond yn tueddu i wthio
rhywun i fentro neu i gymryd risgiau a chwrso perygl
yn ddiangen a rhuthro'n bendramwnwgl tuag at
demtasiwn fel mae gwyfyn yn cael ei dynnu tua'r
golau ac o ystyried hyn wy'n cael sioc enfawr o
sylweddoli efallai nad oedd ei dueddiad i roi ei law
yn y tân neu i saethu cyn holi cwestiynau wedi ei
drosglwyddo i Kevin gan ei dad optimistaidd ond
rhesymol ond gan ei fam fwy ie mwy beth mwy beth
ie mwy mympwyol er fy mod i'n rhoi'r argraff i bobl

fy mod i'n deisyfu parchusrwydd ac o ble mae hynny'n dod y crefu hyn am gymeradwyaeth cymdeithas sdim syniad 'da fi ond mae e'n sioc i fi sylweddoli taw ffrynt ffug yw e ac fy mod i'n baradocsaidd yn llawer mwy cymhleth na hynny ac yn ysu i fwrw mas i daro rhywbeth yn yfflon rhacs er mwyn bwrw mas o gragen confensiwn sy'n fy nghaethiwo ac yna wy'n sylwi ar ei sticer coch Yes Cymru yn sownd i'w reilen ddillad ac wedyn yn cofio ein *day out* ni'n tri yng Nghaerdydd ar yr orymdaith fawr ar ail Sadwrn Mai a do gawson ni lot o drafod yn y car ar y ffordd 'nôl a Kevin wedi'i gyffroi gan y profiad a'i ysbrydoli gan araith Adam Price yn yr Eis ac yn mynnu mynd yn agos i'r ffrynt i wrando arno fe'n iawn a gwneud fideo o'r araith ar ei ffôn tra bod Martin a finnau'n cael coffi wrth ford tu fas i Costa a'r fenyw bert 'na oedd yn chwarae rhan Parch ar S4C ar y llwyfan yn y rali hefyd ac oedd Kevin wedi sôn am fynd i'r orymdaith yng Nghaernarfon diwedd Gorffennaf ond wrth gwrs erbyn hynny roedd popeth ar ben iddo fe a'r hunllef fawr wedi dechrau i ni ac wy'n gwybod y byddai Martin hyd yn oed wedi dwlu mynd gyda fe a fi hefyd lan at y Cofis a chyn i fi adael cysegrfa Kevin wy'n cymryd un anadl ddofn arall o'r bag Tesco a'r tro hwn y llwydni sy'n drech na'r arogleuon eraill yn bennaf oherwydd yr uwd cras du ar dy ddysgl frecwast olaf ac ai dyna wyt ti i fi erbyn hyn fy mabi gwyn jest rhyw lwydni o ddysgl uwd nawr yn hanner trawiad cynganeddol llawn ffwng a lleithder yn fy mhen a nawr fy mod i wedi cael rhyw ymdeimlad o dy bresenoldeb wy'n teimlo'n ddigon bodlon fy myd dros dro i fynd 'nôl lawr i'r gegin ac er fy mod i'n becso am hunllefau Martin ac wy mor flinedig fel nad ydw i'n gallu cysgu hanner yr amser wedi gorflino fel mae Martin yn dweud ac mae e'n dweud hefyd fy mod i'n gorfeddwl ond na na na wy'n credu taw'r prif reswm wy ddim yn cysgu'n dda yw fy mod i'n ofni mynd i gysgu a dim oherwydd yr ofn o gael hunllefau fy hunan ond ofni cael breuddwyd sef yr un freuddwyd sy'n digwydd dro ar ôl tro yn ddiweddar amdanaf i a Rhodri wrth y fainc uwchben y traeth ar noson leuad lawn ac mae e'n eistedd yno mewn crys gwyn hir y tro hwn sy'n debycach i amdo neu liain fyddai rhywun yn ei wisgo mewn siop torri gwallt neu grys o ryw ganrif arall sy'n estyn i lawr at ei bengliniau ac mae ei wyneb ceriwbaidd bachgennaidd glân arferol wedi ei altro gan locsyn du trwchus sy'n rhedeg i lawr o'i wallt hanner ffordd lawr y ddwy ochr i'w wyneb sy'n gwneud iddo edrych yn debycach i fwnci neu os ydw i'n onest yn debycach i *werewolf* ac mae'n gas gen i'r rheiny felly wy'n gosod bowlen llawn dŵr sebonllyd ar y fainc nesaf at Rhodri ac yn tynnu raser mas o 'mag llaw ac yn eillio'i wyneb yn dyner dyner ac mae Rhodri'n gwenu'n dyner 'nôl arnaf ac mae ei ddannedd fel 'sen nhw'n fwy miniog nag arfer ac mae'r holl ddefod yn cymryd sbel fach ac er mawr syndod i fi yn fy nghynhyrfu i'n rhywiol os wy'n onest ond wrth i fi deimlo rhyw flys anghyffredin mae Kevin fel angel hynny yw angel go iawn gydag adenydd ac eurgylch uwch ei ben a phob dim yn dod draw ar y llwybr ac yn edrych arnaf ac yn ysgwyd ei ben yn dawel geryddgar ac yna wy'n edrych ar Rhodri unwaith eto ac mae ei lygaid wedi newid i fod yn ddwy soced sef dau dwll gyda mwydod gwlyb llawn llysnafedd yn dod mas ohonyn nhw ac yna wy'n dihuno ond ddim mewn braw wy ddim yn credu ond gyda rhyw lonyddwch aruthrol oherwydd fy mod i wedi gweld fy mab fel angel mor real â 'se fe yma yn y gegin gyda fi yr eiliad hon a wedodd rhywun ar un o'r *chat rooms* mae Fflo yn treial cael fi i edrych arnyn nhw ar-lein bod geiriau mor anaddas i ddisgrifio'r galar a dyna fel wy'n teimlo o ail-fyw'r freuddwyd hynod yn fy mhen ac yn wir yn ôl rhywun o'r enw Edith27 does dim gair i ddisgrifio rhai pethau er enghraifft does dim gair i gael am riant sydd wedi colli plentyn dyna pa mor ofnadwy yw'r profiad ac wy'n dal i ofni beth wedan nhw yn y Cwest a beth ffeindian nhw mas o ran manylion ymweliadau mynych Kevin â'r gwefannau oedd wedi cydio ynddo fe ond wy'n gwybod bod y Cwest yn rhywbeth sydd raid ei neud a gorau po gynted gewn ni hwnnw drosodd er bod nhw'n dweud falle na fydd e tan y flwyddyn newydd nawr ond liciwn i 'se fe cyn Dolig o leia fel bod ni'n gallu dechrau blwyddyn newydd gyda gyda gyda ie gyda beth Mari fach pwy wyt ti'n treial ei dwyllo paid bod mor hurt fydd 'na fyth lechen lân ond mae Martin yn dweud hefyd na fyddai Kevin moyn i ni ddiodde am byth ac o gofio am agwedd ychydig mwy optimistaidd Martin a'i natur gwydr hanner llawn a chadernid ei wên heulog mae'r casineb oedd gen i tuag ato fe'r bore 'ma a chasineb ffyrnig oedd e wna i ddim gwadu hynny mae'r casineb hwnnw wedi dechrau diflannu er mawr syndod i fi felly wy hyd yn oed yn gwenu pan wy'n estyn am y siwgr eisin o dop y silff sydd yn ôl Jamie i'w ddwstio'n ysgafn ar y darn gorau sydd yn mynd ar y top â'i batrwm cris-croes bron fel 'sen i'n rhoi powdwr colur ar fy wyneb ac arferai Kevin ddwlu ar y patrwm y byddai'r siwgr yn neud ar y marciau bach petryal a oedd wedi eu gadael ar ben y deisen gan y rac oeri a dyma fi'n ailgydio yn y deisen a pharhau i daenu'r jam ar y gwaelod yn llyfn â chyllell ac yna'n gosod y ddau ddarn ynghyd yn ofalus gan roi mymryn mwy o siwgr eisin ar y top a chan fod y deisen bron yn barod i'w bwyta nawr wy'n ei gosod yn ofalus ar blât a mynd draw at yr *intercom* yn yr ystafell frecwast a galw enw Martin yn weddol ysgafn i ddechrau gan fy mod i'n dechrau teimlo'n euog am ei ddyrnu mor galed ag y gallwn i'r bore 'ma ar ochr ei ben er bod e'n haeddu fe ar y pryd ie yn haeddu pob owns o'm cynddaredd am iddo feiddio dweud yr hyn ddywedodd e gyda chanlyniadau Kevin yn ei law yn dweud bod e ddim yn deall sut allai bachgen mor amlwg alluog neud rhywbeth mor dwp wel iawn falle nad oedd e'n haeddu grym fy nwrn yn ochr ei ben dwl dwrn mor galed nes torri'r darn metel ar ochr ei sbectol a finnau wedi gorfod neidio i'r awyr fel rhywbeth hanner call a dwl er mwyn cyrraedd ei ben ond allwn i ddim stopi'n hunan gan fod Kevin ac y bydd Kevin wastad ac yn dragwyddol ddieuog yn y peth erchyll sydd wedi taro ein teulu a taw dioddefwr neu fictim yw e a wna i ddim gwrando ar air drwg yn ei erbyn tra bydda i byw a wnaeth Martin jest nodio yn ei ffordd dawel ei hunan ac edrych ar y difrod i'w sbectol a dweud ei fod am fynd i orwedd lawr ac wy'n cofio am un o'n sgyrsiau i a Rhodri ar y fainc sef y trydydd a'r olaf os gofia i'n iawn a finnau'n treial fy ngorau unwaith eto i gael gwybod am beth oedd e a Kevin wedi sgwrsio yn y misoedd olaf hynny ie dyma Rhodri'n dweud bod Kevin wedi sôn am y darlun Salem oedd yn hongian ar y wal ym Maes-glas ac sy'n dal i fod yna a Kevin wrth ei fodd mae'n debyg bod Rhodri'n dod o'r un lle bach yn Ardudwy â'r capel Salem gwreiddiol yn y llun a bod Kevin yn meddwl bod e'n syniad clyfar cwato wyneb y diafol yn y llun fel rhyw *Where's Wally* sinistr ond bod Rhodri wedi drysu Kevin hefyd mae'n debyg trwy ddweud nad oedd pawb yn gweld y diafol yn y llun ac yn wir nad oedd Rhodri ei hun wedi ei weld ac er i Kevin chwerthin mae'n debyg oedd Rhodri'n hollol o ddifrif ac yn mynnu bod y gwyliwr ond yn ei weld os oedd e'n dymuno gwneud hynny a taw dyna oedd nod y diafol sef i ddrysu pobl trwy chwarae gemau yn eu pennau ac wy'n cofio teimlo ar y pryd ac wy'n gweld nawr falle nad yw Rhodri yn ddyn da wedi'r cwbl ac yn wir taw fe ei hunan yw'r mwnci cellweirus ar fy ysgwydd yn fy nychu nos a dydd a bod rhaid rhoi stop arno neu bydda i wedi mynd yn wallgo rhyngddo fe a 'Hannah' yn chwerthin ar fy mhen o ochr arall y Byd ac wy'n nôl fy ffôn o'm bag llaw ac yn ateb ei decst o'r diwedd gan deipio 'Falch eich bod chi'n fodlon â chanlyniadau K' a 'Nid yw'n addas i mi gwrdd â chi ar y fainc nac yn eich cartref' ac wy'n petruso am eiliad neu ddwy cyn ei anfon gan deimlo cymysgedd o emosiynau yn bennaf teimlad corfforol cryf yn fy stumog cwlwm o bryder ond hefyd rhyddhad wrth i fi deimlo cynhesrwydd y cwlwm o ieir bach yr haf yn cael eu rhyddhau gan adael ie gwagle ond gwagle angenrheidiol os oes y fath beth i'w gael gwagle sy'n fy ngalluogi i dynnu llinell dan ein cyfarfodydd a derbyn er bod Rhodri wedi gwneud pethau da bod yna 'ochr' iddo fe hefyd fel 'se Mam yn dweud dim 'ochr' digon drwg bod angen sôn amdano wrth y Brifathrawes chwaith ond digon o 'ochr' i sicrhau fy mod i'n mynd i gadw fy mhellter gydag e o hyn ymlaen ac wy'n sylwi fy mod i'n gwenu'n llechwraidd wrth feddwl am Rhodri a'i gyngor am switshys a oedd yn ymddangos mor ddoeth ar y pryd a finnau nawr yn meddu ar y grym i'w switsio yntau i ffwrdd ac i'w ddiffodd fel chwythu cannwyll ac ydw wy'n cyfadde yn cyfadde'n agored 'mod i'n teimlo'n falch iawn fel 'se rhyw ddirgelwch beichus wedi ei godi'n llythrennol oddi ar f'ysgwyddau ac wy'n ymwybodol iawn bod y llun o Siân Owen Tŷ'n y Fawnog a'r lleill yng nghapel Salem mae'n debyg yn feirniadaeth ar falchder sydd yn bechod wrth gwrs 'i fod e ac er ein bod ni'n byw mewn oes lle mae camerâu bron ym mhobman hyd yn oed ym maes parcio'r pentre erbyn hyn yn tynnu lluniau o geir a dirwyo eu perchnogion gan punt am beidio ufuddhau a'r tocyn yn cyrraedd o'r pencadlys ym mherfeddion Lloegr ond mater gwahanol eto yw wynebu camera sdim ots pa mor fach yw e ac yn fwriadol yn cyflawni'r fath weithred anweddus ar gamera ar gamera ar gamera Kevin bach beth ododd yn dy ben di i ufuddhau i'r fath atyniad trachwantus ac er fy mod i'n gwybod yn iawn fod Rhodri'n gallu swyno pobl â'i natur fonheddig wy hefyd yn ymwybodol bod e fel Aled yn gallu siarad y rwtsh rhyfeddaf yn enwedig am y lleuad gan iddo fod yn grediniol i gnewyllyn ei fodolaeth fod gan honno rymoedd aruthrol ar bobl gyda'i thangnefedd tawel yn denu pob math o greaduriaid i fentro mas yn y nos gan gynnwys sugnwyr gwaed a blaidd-bobl wrth iddynt gael eu temtio gan y diafol a taw'r lleuad oedd yn rheoli'r diafol a dyna pam oedd menywod fel fi a oedd wedi colli ein cylchred fisol arferol yn fwy agored i demtasiynau'r diafol meddai e ac er i fi gael awydd cryf i chwerthin yn ei wyneb ceriwbaidd pan wedodd e hyn wnes i ddim achos oedd gyda fe gyda fe beth yn gwmws oedd gyda fe afael arna i ie 'na'r gair i'r dim gafael nid yn gorfforol ond yn fy mhen yn fy nhynnu i'r pydew pleserus mor sicr ac yr oedd ei eiriau coeth gogleddol fel feis yn cau am fy ymennydd yn dynn dynn ond dim mwy dim mwy o hyn dim mwy o'r mwnci yn chwerthin ar fy ysgwydd yn towlu rhosys cochion a lilis gwynion ataf ar lan y môr nid yw fy nghariad innau ond yma yn ei wely'n cysgu'n sownd gobeithio mae fy nghariad innau a rhaid diffodd switsh y lleuad diffodd ei wyneb golau dieflig sy'n chwerthin ar fy mhen ac Arglwydd mae dy eisiau di bob awr dyma gamwedd dyma gamwedd ac yn sydyn wy'n dyrnu'r deisen Fictoria reit yn ei chanol ac yn ei dyrnu mor galed nes fy mod i'n teimlo'r plât oddi tani ac mae 'nwrn i'n dechrau gwaedu unwaith yn rhagor wrth i'r asgwrn daro trwy'r croen chwilfriw ac yn fy nghynddaredd lloerig wy'n towlu'r plât ar deils brown y llawr ac mae'n taranu'n swnllyd wrth dorri yn ei hanner a darnau o'r deisen ffres yn slwtsh briwsionllyd ar y llawr ac wy'n damsgyn ar y darnau o deisen ac maen nhw'n troi'n blu ie yn blu blasus melys ife dy wisg di fy nghariad gwyn y'n nhw i ddangos dy fod ti'n deall ac yn gwenu fel angel hapus o ddeall fod pethau wedi mynd i'r pen gyda Rhodri neu wedi dod i ben ddylen i ddweud er nad oedd unrhyw beth o ddifri wedi dechrau chwaith ac wy'n falch o hynny hefyd achos y tro diwetha i ni gwrdd oedd e'n mynd ymlaen ac ymlaen amdanat ti ac mor naturiol yw hi i bawb gael eu temtio a chrwydro oddi wrth y bywyd da a phan wedais i am theori Martin taw jest cyfuniad o gemegolion ac ysgogiadau trydanol y'n ni oedd e'n cytuno i raddau gan fynnu taw cemegolyn yw'r diafol ac fel unrhyw elfen gorfforol sy'n effeithio ar iechyd rhywun mae modd ei drin ac wy'n casglu dy blu gyda 'nwylo ac yn stwffio dy wisg o siwgr i 'ngheg achos mae'n rhaid cael rhyw dda rhyw egin i dyfu o'r afal drwg o afal drwg Adda ac wedyn wy'n cofio i Rhodri ddweud bod ganddo fe ryw ddefod arbennig i waredu pobl o feddyliau llwgr a'i fod e'n cynnal y ddefod pan fydd ei hangen fel arfer ar noson olau leuad lawn ac sy'n cynnwys gweddïo a chwarae cerddoriaeth 'arbennig' ac ychydig o lafarganu yn ei gartref i lanhau'r enaid o demtasiynau a meddyliau drwg a byddai e'n ddigon bodlon fy helpu i ond byddai rhaid cwrdd ym Mryneithin yn hytrach na'r fainc gan fod y fainc yn rhy gyhoeddus i greu synau yn y nos neu hyd yn oed i weddïo'n dawel ddwys ac er i fi wybod ar y pryd na fydden i'n gwneud y fath beth yn fy myw wnes i ddiolch iddo fe ac addo y bydden i'n ystyried ei gynnig o ddifri ac wy'n gwybod ym mêr fy esgyrn hefyd nad oedd yr hyn wnaeth Kevin ie hyd yn oed ar gamera nad oedd e'n bechod a'i fod efallai yn chwant digon naturiol ac a oes rhywbeth o'i le ar y teimlad dwfn sydd y tu mewn i fi nad ydw i moyn i moyn i moyn i farwolaeth Kevin fod yn ofer a bod e'n gyfle i fi newid fy hun bod yn fwy mentrus byth fy hun a'i fod e'n gyfle i Martin newid hefyd yn gyfle i'r ddau ohonom fentro i dir newydd fel cwpwl ac wrth i fi olchi fy nwylo eto fyth a'u sychu gyda darn o dywel papur wy'n dal i ysgwyd yn lloerig ac os wy'n onest wy'n gwybod rhyw noson rhyw noson 'arbennig' falle fydda i'n mynd i nôl y darn sbâr o raff sydd dan wely Kevin ac y byddaf yn ei ddefnyddio yn ein hystafell wely ni ac nid i fod yn ufudd ostyngedig o na na na y tro hwn fi fydd yn arwain y clymu yn clymu a chlymu a chlymu arddyrnau Martin yn dynn dynn dynn nes i'w groen droi'n biws a byddaf yn ei wado hefyd a dysgu iddo barchu'r rhaff ac ni fyddaf yn mynd drot drot ond yn carlamu'n braf ar ei geffyl gwyn a byddaf yn glafoeri â'r grym o wybod beth sydd i ddod sef yr unig beth sy'n gwneud i fi golli'n hunan â'r fath ecstasi nes i fi lewygu mewn gorfoledd lloerwyn canys Ti a greodd hyn hefyd y poen a'r pleser ac i fwriad penodol achos os nad oedd e'n bleserus fyddai pobl ddim yn ei neud neu falle yn ei neud yn llai aml ac nid pechod mohono ond rhywbeth cyfrin i'w goleddu a'i anwylo ac i'w brofi fel gwefr ac yn y pen draw taw ie Duw Cariad Yw a'r mwyaf o'r rhai hyn yw Cariad sydd ddim yn dod i ben gyda marwolaeth gyda llaw o na mae e'n cynyddu os rhywbeth er allwn ni byth fod wedi dy garu di'n fwy nag y gwnes i fy ngafr chwareus yn rhedeg lan mynyddoedd fel Forrest Gump y cymeriad yn y ffilm welodd dy dad a finnau yn y theatr newydd yn y dre ynghanol y nawdegau yn bell cyn dy eni di na dyw e ddim yn bechod nid fel Na Ladd ac os byddai modd diweddaru'r Deg Gorchymyn a fyddai un ohonyn nhw yn Na Ddangos Dy na na na paid meddwl fel hyn Na Chwennych Y Fenyw Ar Ochr Arall Y Fideo na na na paid Mari fach ti'n gwybod pwy sydd wrthi nawr ac mae'n rhaid i ti 'i ymladd e er mwyn Kevin er mwyn Martin er mwyn cadw dy iawn bwyll er mwyn ti dy hunan ac wrth bendroni'n manig fel hyn yn nhrobwll fy mhen dieflig yn sydyn wy'n teimlo rhyw gariad dwfn iawn tuag at Martin mewn ffordd annisgwyl bron fel 'se rhywun wedi troi switsh ymlaen ac mae'r atgasedd at yr hyn wedodd e pan ddychwelodd o'r ysgol bore 'ma wedi diflannu'n llwyr ac erbyn meddwl mae Martin wedi bod yn gorwedd yn ein hystafell wely bron trwy'r dydd ac wy'n siŵr ei fod e'n pwdu achos mae e'n neud 'nny nawr ac yn y man ac wy 'di bod yn ystyfnig yn peidio mynd lan i'w weld e ac yn sydyn wy moyn iddo fe faddau i fi ie plis Martin bach maddau i fi fy mhechodau achos wy'n gwybod taw ein cariad ni'n dau at ein gilydd wnaiff drechu'r bwystfil sy'n byw yn ein pennau ac yn sydyn wy'n teimlo ton o banig yn dod drosta i a beth os oedd yr ergyd i'w ben wedi achosi rhyw rwyg neu waedlif wedi'r cwbl dyw e ddim fel fe i bwdu am mor hir ond wy heb fwrw fe erioed o'r blaen chwaith yn y naw mlynedd ar hugain ni wedi bod yn briod ac mae ystadegyn Fflo am un o bob deg rhiant yn yn yn a rhybudd Aled bod hunanladdiad yn y teulu hefyd a'r meddyliau pryderus hyn yn gwibio lawr traffordd fy mhen fel rhyw Ferrari yn y lôn gyflym sydd ar fin moelyd a llosgi fy ymennydd ac wy'n rhuthro lan y staer gan alw ei enw'n uwch y tro hwn achos falle wnaeth e ddim clywed yr *intercom* yn gynharach ond does dal dim ymateb ac wrth i fi fynd yn gynt ac yn gynt lan y grisiau nawr o'r llawr cyntaf lan i'r

ail lawr a galw eto a dal dim ateb ac wrth i fi lamu
lan i'n llawr ni y trydydd llawr a rhuthro mewn i'r
ystafell wely y peth cynta sy'n fy nharo fel gordd
yw'r tywyllwch gyda'r cyrtens trwm wedi'u cau'n
dynn a dim ond y lamp ddarllen fach ymlaen ar y
ford ochr gwely er ei bod hi'n ganol pnawn ac yna
wy'n sylwi ar Martin yn gorwedd ar y gwely â'i lygaid
ar gau a dal ddim yn fy nghlywed i wrth i fi alw ei
enw yn orffwyll bron nawr ac wy'n sylwi ar y jar o
dabledi wrth ymyl y lamp a'r glased o ddŵr hanner
gwag hanner llawn gerllaw ac yn meddwl na na na
ac mae'n rhaid fy mod i wedi sgrechian na na na
achos yn sydyn mae ei lygaid ar agor ac mae'n
edrych yn ofidus ac yn becso 'mod i'n edrych mor
ofnus ac mae'n sylwi arnaf yn edrych ar y jar ac
mae'n egluro'n drwsgl gysglyd iddo gymryd tabledi
Paracetamol gan fod ganddo bach o ben tost ond
ei fod erbyn hyn yn teimlo tipyn yn well ac wy'n
gorwedd nesa ato fe mewn dim o dro Duw Cariad
Yw ac rydyn ni'n rhoi cwtsh i'n gilydd Duw Cariad
Yw ac wy'n gwasgu fe'n dynn ac mae e'n fy ngwasgu
i'n ôl ac wy mor grac â'n hunan nawr am fwrw'r dyn
deche hyfryd yma sy'n diodde fel wy'n diodde ac wy
moyn dweud y *four-letter word* sydd wedi cael ei
wahardd o'n haelwyd ni ac er i fi lwyddo i'w ddweud

e sori sori sori sori sori yn fy mhen dyw e jest ddim yn dod mas o 'ngheg i jest yn gwrthod dod mas fel mae'r dagrau'n gwrthod dod mas o fy llygaid gan 'mod i'n dala i weld ysgrifen gymen Kevin ar y darn papur ni wedi neud copi ohono a'i gadw mewn amlen yn y drâr dan y teledu ac rydyn ni'n dala ymlaen i'n gilydd yn dynn dynn fel 'se bywyd ei hun yn y fantol a rhywfodd neu'i gilydd yn y cocŵn cadarn hwn oherwydd fy mod i wedi fy llorio gan ludded llwyr wy'n syrthio i gysgu am oriau ym mreichiau fy ngŵr ac mae'n deimlad braf y teimlad hwn o fynd i drwmgwsg dwfn i ryw lefel o gwsg sy'n bodoli mewn chwedlau fel Y Rhiain Gwsg neu Eira Wen neu i ryw ddimensiwn arall roedd Einstein yn ôl Kevin wedi treial ei brofi'n fathemategol ei fod yn bodoli sef byd astrus ein breuddwydion ac wy'n ffroeni blas pinwydd yn gryf ac a ydw i mewn coedwig neu ar ymylon rhyw fwthyn diarffordd wy ddim yn hollol siŵr ac mae'r awyr yn las las ac wy'n blasu rhywbeth melys yn fy ngheg ac mae'r blas yn hyfryd achos blas afal yw e ond mae 'na ryw berygl yn yr afal hefyd yn y blasu ei hun ac yn sydyn wy'n clywed sŵn bach fel rhyw blîp uchel ac yn dihuno ac yn sylwi erbyn hyn bod golau'r lloer yn llifo trwy agen fach yn y cyrtens ac wy'n meddwl am y cysur oedd Kevin yn ei gael o'r golau hyn pan oedd e'n fach ac wy'n troi i edrych ar Martin yn chwyrnu'n dawel ond hefyd yn gwneud rhyw symudiadau bach sydyn poenus fel 'se fe yng nghanol rhyw hunllef yn gwmws fel oedd Ianto'r hen gi defaid ym Maes-glas yn neud weithiau pan oedd e'n cysgu ac yn hollol ddirybudd mae'n sgrechian ac wy'n gwybod ei fod e'n ail-fyw canfod Kevin ar y goeden afalau fel mae e'n neud yn aml yn ei gwsg ac wy'n gafael ynddo'n dynn dynn ac yn dweud bod hi'n olreit fod popeth yn iawn a dyma fi'n canu'n ysgafn iddo fe yn ei si-lwlian yn gwmws fel o'n i arfer canu i Kevin yn hymian tiwn *Ji Ceffyl Bach* ond yn canu'r geiriau yn y fy mhen ac mae aflonyddwch Martin yn pylu'n raddol ac wrth i fi bwyso draw i ddiffodd y lamp sylwaf fod ffôn Martin ar y ford fach a bod e-bost newydd wedi cyrraedd ac o edrych yn fanylach gwelaf fod yr e-bost oddi wrth ein cyswllt ni yn yr heddlu sef Trefor ac wy'n agor yr e-bost ac yn ei ddarllen yn llawn syndod ac mae e'n cynnwys newyddion sy'n fy synnu ac wy'n gosod y ffôn 'nôl ar y ford ac yn cwtsio lan i Martin ac wrth feddwl am eiriau Trefor mae'r dagrau o'r diwedd yn arllwys o'm llygaid o'm trwyn o'm clustiau mewn ymateb i'r swnami o emosiwn sy'n llifeirio trwy fy

ngwythiennau oherwydd byrdwn neges fer Trefor
yw bod dyn lleol wedi mynd i'r orsaf heddlu leol o'i
wirfodd ddydd Sadwrn diwethaf gan roi ei liniadur
i'r heddlu er mwyn clirio'i enw ac i chwalu'r
ensyniadau cas am ei berthynas gyda Kevin Hywel
Edwards a bod ditectifs o Operation Douglas maes
o law wedi archwilio'i liniadur yn drwyadl a hefyd
wedi holi'r gŵr yn fanwl mewn cyfweliad swyddogol
a'u bod nhw brynhawn ddoe wedi rhoi gwybod i'r
gŵr nad oedd ganddynt dystiolaeth i'w arestio na'i
gyhuddo o unryw gamwedd ac yn wir wedi diolch
iddo fe am ei gydweithrediad parod ac enw'r gŵr tri
deg wyth oed yw Rhodri Gwydion Phillips sef
Pennaeth Adran Ffiseg yr ysgol uwchradd leol ac er
fy mod i wedi hen stopi hymian mae geiriau'r
hwiangerdd yn parhau i ailadrodd yn fy mhen fel hen
record wedi sticio wel dyna 'chi dric wel dyna 'chi
dric wel dyna 'chi dric.

Hefyd gan Geraint Lewis

Nofelau
X
Daw Eto Haul
Haf o Hyd

Straeon byrion
Y Malwod
Brodyr a Chwiorydd
Cofiwch Olchi Dwylo a negeseuon eraill

www.geraintlewis.net

Dyma gyfrol sy'n dweud llawer am gyfnod unigryw yn ein hanes gan awdur sy'n gwybod sut i drin geiriau ac amrywio arddull, gyda nifer o themâu mentrus a mwy nag un cymeriad go anghonfensiynol hefyd.

Gwenan Mared, Barn

These beautifully wrought stories purr along quietly on engines of plot, incident and event.

Jon Gower, Nation.cymru